달섬 세계고전

15

베레니케

장 라신

Bérénice

베레니케

조화림 옮김

달섬

목차

베레니케

일러두기

1. 이 번역본은 1998년에 출간된 『라신 희곡 전집』(Racine, *Théâtre complet*, éd. Jean Rohou, Paris, Librairie Générale Française, coll. 《La Pochothèque》, 1998)에 실린 것을 번역한 것이다.
2. 작품에 표시된 행수는 프랑스어 원문의 행수를 표시한 것인데 프랑스어와 우리말 사이에 존재하는 뉘앙스와 어순의 차이로 인해 약간의 차이가 있을 수 있음을 밝혀 둔다.
3. 인명과 지명에 해당하는 고유명사의 경우, 희랍 이름은 프랑스식 발음이 아닌 희랍어 발음대로, 로마 이름은 라틴어 발음대로 표기하였다.
4. 장 라신의 연보에 소개한 작가의 모든 작품은 희랍어와 라틴어가 아닌 프랑스식 발음으로 표기하였다.

헌사

콜베르[1] 재상 각하께,

국무장관님,

재무장관님,

건축감독님,

왕실 재무관님,

세넬레 후작님,

각하.

제 자신과 제 작품들에 대해 품고 있는 당연한 의혹들에도 불

1 콜베르(Colbert, 1651－1690): 아버지의 뒤를 이어 국무장관에 임명된 그는 루이 14세 치하의 최고 권력가로서 예술가와 예술 활동을 지원했다. 라신은 1669년에 『브리타니쿠스(*Britannicus*)』를 콜베르 재상의 사위인 슈브뢰즈 공작에게 헌정하였었다. 슈브뢰즈 일가는 왕국의 가장 뛰어난 가문 중 하나이자 오랫동안 포르루아얄(Port-Royal) 수도원의 후원자였다. 하지만 라신이 훗날 포르루아얄과 갈등을 겪게

구하고 이 비극을 당신께 무람없이 헌정코자 하는 저를 책망하지 않으시길 감히 기대해 봅니다. 각하께서는 이 작품이 찬사를 받을 만하다고 평가해 주셨습니다. 더욱이 각하께서는 이 비극이 폐하의 마음에 드는 행운을 얻었다는 사실을 아시는 증인이시기에 이것을 각하께 바치는 것은 너무도 당연한 일입니다.

폐하의 영예와 기쁨에 이바지할 수만 있다면 아무리 하찮은 일이라도 각하께는 중요한 일이 된다는 것을 알고 있습니다. 군주에 대한 충성과 공익을 위해 바쁘신 가운데에서도 각하께서 때때로 저희를 찾아 주시고 또 저희들의 활동에 관심을 보이시는 것도 바로 그 이유 때문이겠지요.

허락하신다면, 저는 이 좋은 기회를 활용하여 각하에 대한 찬사를 펼쳐 보이고 싶습니다. 전 프랑스의 감탄을 자아내게 했던 각하의 비범한 자질들, 그 어떤 것도 놓치지 않는 통찰력, 큰 일들을 한꺼번에 도모하고 시행할 수 있는 방대한 사고력과 그 무엇에도 놀라거나 지치지 않는 영혼의 소유자시라는 찬사 말입니다.

하지만 각하, 각하에 대해 말씀을 드리는 일에는 더욱 신중해야겠지요. 폐가 되는 찬사로 인해 행여 각하께서 제게 베풀어 주

될 때 슈브뢰즈 일가는 라신을 후원하였다. 작가는 이제 프랑스 최고의 권력자인 콜베르에게 『베레니케(*Bérénice*)』를 헌정한다. 이는 그가 극작가로서의 확고한 명성을 누리게 되었음을 반증하는 예라 할 수 있겠다.

신 호의를 후회하게 되시지는 않을까 염려스럽기 때문입니다. 차라리 각하의 호의에 부응하는 새로운 작품들을 쓰는 일에 몰두하는 것이 더 가치 있는 일이겠지요. 그것이 각하께 드릴 수 있는 최고의 감사 표현이기 때문입니다.

마음속 깊은 존경을 표하며,

너무도 보잘것없는 각하의 충성스런 신하

라신 올림.

Racine

서문

> "베레니케[1]를 열렬히 사랑했던 티투스는 그녀와 결혼을 약속했으나 그들이 소망했던 것과는 반대로 왕좌에 오르자마자 그녀를 로마에서 추방하지 않을 수 없게 된다."

말하자면, 세상 사람 모두가 알고 있던 것처럼 베레니케를 열정적으로 사랑하고 그녀에게 결혼을 약속했던 티투스는 왕국 통치 첫째 날에 어쩔 수 없이 베레니케를 로마에서 추방한다. 이 사건은 역사상 매우 유명하다. 이 이야기는 인간의 정념을 세차게 자극할 수 있기 때문에 연극이라는 장르에 안성맞춤이라고 생각했다. 사실, 모든 시인들의 작품을 다 보아도 베르길리우스 작품[2] 속

1 라신은 로마의 전기작가인 수에토니우스의 라틴어 원문(Titus reginam Berenicen, cui etiam nuptias pollicitus ferebatur, statim ab Urbe dimisit invitus invitam)을 먼저 인용한 뒤, 이를 프랑스어로 번역했다.

2 로마의 시인 베르길리우스의 『아이네이아스(*Enée*)』를 가리킨다. 아이네이아스는 트로이아의 장군으로 전쟁에 패해 몰락한 트로이아를 탈출하다가 아내와 헤어지

의 아이네이아스와 디도[3]의 이별보다 더 감동적인 것은 없다. 며칠 동안에 걸쳐 줄거리가 펼쳐지는 한 편의 서사시를 노래하는데 알맞은 내용이, 단지 몇 시간만이 소요되는 한 편의 비극의 주제로서도 합당하다는 사실을 누가 의심하겠는가? 나는 베레니케를 디도처럼 자살로 몰고 가지 않았다. 왜냐하면 디도가 삶과 맞바꿀 만큼 중요한 마지막 약속들을 아이네이아스와 한 반면에, 베레니케는 티투스와 그렇게 하지 않았기 때문이다. 그 점만 제외하면 그녀가 티투스에게 마지막으로 하는 작별인사, 그리고 그와 헤어지기 위해 스스로에게 부과하는 노력은 최고의 비극적 요소이다. 또한 그것이야말로 관객들의 가슴속에 나머지 모든 것을 자극할 수 있는 감동을 충분히 새롭게 지피리라고 나는 감히 말할 수 있다. 비극이라고 해서 꼭 피를 흘리거나, 불행한 죽음의 결말이 필수요건은 아니다. 내용이 훌륭하고 주인공들이 그에 걸

게 된다. 이후 새로운 개척지를 찾아 방랑을 하던 중 난파를 당해 표류하다가 가까스로 카르타고 근처 해안에 상륙하게 된다. 그곳에서 그는 남편을 잃고 혼자가 된 디도 여왕을 만나 사랑에 빠진다.

3 그리스의 전설에 의하면 디도는 튀로스(Tyr)의 공주로 남편 시카이오스(Sichée)가 그녀의 오빠 피그말리온에 의해 살해되자 페니키아를 도망쳐 나와 아프리카 해안에 카르타고 왕국을 세웠으나 게트리아의 왕 이아르바스를 피해 자결했다고 전해진다. 극작가 베르길리우스는 이 소재에서 착안하여 무대를 트로이아로 옮겨와 『아이네이아스(*Enée*)』라는 서사비극을 썼다. 디도는 카르타고에 입성한 아이네이아스를 보고 첫눈에 반해 버렸다. 그러나 아이네이아스는 디도를 버리고 이탈리아로 떠나 버린다. 절망한 여왕은 단도로 자결한다. 그녀가 죽은 후 사람들은 디도를 카르타고의 시조로 그리고 여신으로 추앙했다.

맞게 영웅적이며, 독자들의 정념들이 자극될 수 있고 더불어 그 모든 것이 비극의 즐거움을 유발하는 장엄한 슬픔을 느끼게 하는 것만으로도 충분하다.

나는 내 주제 속에서 모든 요소들을 발견할 수 있을 거라 믿었다. 그러나 무엇보다도 나의 관심을 끈 것은 그 주제가 극도로 단순하다는 사실이었다. 이미 오래전부터 나는 고대인들의 취향에 아주 잘 맞는, 줄거리의 단순성을 바탕으로 한 편의 비극을 완성할 수 있을지 시도해 보고자 했었다. 왜냐하면 그것이 바로 고대인들이 우리에게 남긴 최초의 가르침들 중 하나이기 때문이다. "당신의 의도가 무엇이든 당신이 할 일은 항상 단순한 것, 하나로 통합시켜야 한다."라고 호라티우스는 말한다. 그들이 경탄한 소포클레스의 『아이아스[4]』는 아킬레우스가 남긴 무기를 차지하지 못하게 되자 분노하여 회한 속에서 자살한 그 아이아스에 대한 한 사건만을 다룬 작품이다.

그들은 또한 기습적으로 헤라클레스의 화살을 가지러 온 오디세우스[5]가 유일한 주제였던 『필록테테스』[6]를 찬미했다. 복잡

4 호메로스의 『일리아드(*Iliade*)』 속에서 아킬레우스 다음으로 용맹한 영웅으로 알려져 있다. 아킬레우스가 죽자 아이아스는 그의 무기들을 자기가 소유하려 한다. 그러나 그것은 오디세우스의 몫이 된다. 절망과 광기 속에서 그는 양떼들을 그리스인들로 착각해 도살한다. 후에 자신의 실수를 알고 자살한다.

5 그리스 신화 속 영웅이자 이타카의 왕 오디세우스[프랑스식으로는 율리스(Ulysse)]는 헤라클레스의 활과 화살이 있어야만 트로이아 정복이 가능하다는 신탁에 따라 트로이아를 정복하기 위해 필록테테스를 찾아가 함께 트로이아로 가자고 설득한다.

한 관계들이 얽혀 있는 발견(인지)으로 가득 차 있는 『오이디푸스』[7]조차도 우리 시대의 가장 단순한 비극보다 더 간결하다. 표현의 우아함과 사실임직한 성격들을 묘사한 테렌티우스[8]를 다른 모든 희극시인들보다 높이 평가하는 그 지지자들도, 플라우투스[9]가 다루는 대부분의 주제들인 단순성에 의거해 그가 테렌티우스를 능가하는 시인임을 고백한다. 놀랄 만한 이 단순성에 매료당한 플라우투스에게 고대인들은 똑같은 이유로 찬사를 보냈다. 메난드로스[10]는 또 얼마나 더 단순했던가! 테렌티우스가 자신의 희극 작품 하나를 만들기 위해 시인 메난드로스가 쓴 두 편의 희극을 취해야 했으니 말이다.

---

6 소포클레스가 남긴 비극. 멜리보이아의 왕 필록테테스는 소년 시절 히드라의 독이 퍼져 고통 받는 헤라클레스의 죽음을 도운 대가로 그의 활과 화살을 유산으로 받은 유명한 궁수였다.

7 17세기에 이르러서 삼일치 법칙이 정착되기 전까지 희곡의 대단원 부분에는 주인공의 신분이나 중심이 되는 사건, 상황을 완전히 반전시키는 인지(reconnaissance)가 하나, 혹은 여러 개로 뒤얽혀 있는 것이 관례였다.

8 라틴 희극시인. 로마인들의 취향에 그리스 문학이 지닌 섬세함과 우아함을 접목시키기 위해 많은 노력을 기울였다. 풍자와 해학적인 표현으로 일상의 삶을 희극 작품 속에 묘사했다. 플라우투스와 함께 로마의 2대 희극작가로 인정받는다.

9 테렌티우스보다 앞선 시대를 산 라틴 희극시인. 사회의 온갖 모순을 신랄하게 비판, 경쾌한 리듬과 자유로운 환상이 그의 작품 속에 넘친다. 르네상스 시대의 문학과 코메디아 델 라르테, 프랑스의 희극작가 몰리에르 역시 그의 영향을 받았다.

10 그리스 희극시인. 에피쿠로스와 동시대인이자 친구. 세속적인 유혹에 이끌려 초기의 의식 있는 작가에서 이탈하여, 훗날에는 초심을 잃고 돈과 명성만을 좇아 관객들의 진부한 취향에 맞춰 작품 활동을 했다. 하지만 연애를 소재로 한 작품들은 후대 희곡문학에 큰 영향을 주었다.

그러나 그 규칙이 그것을 만든 작가들의 독창적인 상상력만을 기반으로 세워졌다고 믿어서는 안 된다. 오직 진실다움만이[11] 비극에서 감동을 준다고 하면 몇 주에나 걸쳐 일어날 수 있을 법한 복합적인 일들이 단지 하루 동안에 벌어진다는 것이 과연 진실다운 것인가? 이 단순성을 창의력의 부재로 생각하는 사람들도 있다. 그들은 반대로 모든 창조행위는 아무것도 아닌 것을 만드는 것이라고는 생각지 않는다. 또 정념들의 격렬함과 감정의 아름다움, 표현의 우아함을 바탕으로 한 단순한 줄거리를 가지고 5막이 흐를 동안 관객들을 사로잡을 만한 충분한 풍부함이나 재능을 자기 자신의 능력 속에서 감지하지 못했던 시인들에게 수많은 작은 사건들이 피난처가 되었다는 사실도 이들은 고려하지 않는다. 나는 그러한 것들 전부가 나의 작품 속에 망라되어 있다고 생각지는 않지만 많은 눈물을 쏟게 한 비극 때문에 관객들이 날 원망한다는 사실, 그래서 그 작품의 서른 번째 공연 역시 첫 공연처럼 인기를 누릴 수 있었다는 사실은 믿는다.[12]

11 진실다움은 미메시스(모방)와 카타르시스(정화)에 직결되며 고전주의 극작법에서 중심 요소이다. 명확한 역사적 진실이라 해도 양식(Bienséance)의 규칙에 위배된다면 그 행위는 절대 관객에게 보여져서는 안 된다. 진실다운 허구를 취해야 한다.

12 1670년 11월 21일 파리의 부르고뉴 극장(Hôtel de Bourgogne)에서 초연되었다. 그 후 7주 동안 이 작품은 30여 차례 무대에 올려지는 큰 성공을 거두었다. 1671년에 책으로 출간되었다.

내가 심혈을 기울여 탐색했던 이 단순성을 그저 몇몇 사람들만이 비난했던 것은 아니다. 그들은 규칙에 의거해서 사건(플롯)이 풍부하지 않은 비극은 연극이 될 수 없다고 믿었던 것이다. 나는 관객들이 이 비극 때문에 지루했었는지를 알아보았다. 그러나 그들은 전혀 지루하지 않았을 뿐만 아니라 여러 장면에서 감동을 받았으며 기꺼이 한 번 더 볼 것이라고 고백했다고 들었다. 그들이 그 이상 또 무엇을 더 바라겠는가?

나는 그 비판적인 이론가들이 감동과 기쁨을 주는 극작품은 절대로 규칙들에 반하는 것이 아니라는 사실을 깨닫기 위해, 그들 나름대로의 합당한 견해를 갖기를 간절히 바란다. 근본적인 규칙은 즐거움을 제공하고 감동을 주는 것이다. 또 다른 규칙들은 모두 위에서 언급한 규칙에 이르도록 만들어진 것일 뿐이다. 그러나 이 모든 규칙들은 그다지 신경 쓰지 않아도 되는 자잘한 세부사항일 뿐이다. 그들에게는 더 중요한 일들이 있다. 그들은 이제 아리스토텔레스 『시학』의 난해함들을 명확히 하려는 노고를 우리에게 맡기고, 감동을 받아 눈물을 흘리는 쾌감을 만끽하기 바란다. 그들이 허락한다면 노래는 규칙들에 의해서 만들어지는 것이 아니라고 마케도니아의 필립 왕에게 주창한 한 음악가의 말을 전해 주고 싶다. "저보다도 그것들에 대해 더 잘 아셔서 너무도 불행하신 폐하!"

자, 이것이 내가 그들에게 하고 싶은 말이다. 나는 그들을 즐겁게 하는 일을 언제나 영광으로 삼을 것이다. 왜냐하면 나를 반대하는 비방문에 대해 독자들이 기꺼이 답변해 주려 나설 것을 믿기 때문이다. 생각할 줄도, 또 그 생각을 구축하는 것조차도 모르는 사람에게 내가 무슨 대답을 해야 할 것인가? 그 반대자는[13] 마치 자기가 이해한 것처럼 도입부라는 용어에 대해 말하고 비극의 네 단계 중 첫 번째 단계가[14] 항상 마지막 대단원과 가장 근접하기를 바란다. 그는 너무나 규칙들을 잘 알고 있어서 희극을 즐기는 데 방해가 된다고 불평한다.

확실히, 그의 허튼 논리보다 더 잘못된 불평은 없을 것이다. 그는 단 한번도 소포클레스를 읽지 않았을 것이고, 사건들이 과도하게 얽히고설킨 작품들을 부당하게 찬양하며, 몇몇 비극 작품 속 서문에서 언급되는 부분 외에 『시학』조차 전혀 읽어 보지 않은 것 같다. 그렇지만 나는 연극의 규칙을 잘 모르는 그를 용서하련다. 왜냐하면 너무나 다행스럽게도 그는 관객을 대상으로 그런 종류의 글을 쓰지는 않을 테니까. 그가 용서 안 되는 점은 격조 있는 농담의 규칙들은 아주 조금밖에 알고 있지 않으면서 농담 없이는 한마디도 하지 않으려 한다는 것이다. 읽어야 할 것들에는 무관심한 채 아아! 라는 탄식을 연발하고 '나의 소중한 규칙

13 빌라르 신부의 『베레니케에 대한 비판』을 가리킨다.

14 비극은 주제 제시부, 갈등, 위기, 대단원으로 구성된다.

들'을 운운하며 훌륭한 작가들이 비난하는 저속한 가식적 표현들을 가지고 교양 있는 사람들을 즐겁게 할 수 있다고 그는 믿는 것인가?

이 모든 비난들은 스스로의 능력으로는 단 한번도 관객의 호기심을 자극해 본 적 없는 불운한 네다섯 명의 평범한 작가들 주장이다. 그들은 항상 성공한 작품들을 공격하기 위해 때를 기다린다. 그것은 질투 때문이 절대 아니다. 무슨 근거로 그들이 질투를 할 수 있겠는가? 그렇게 하면 사람들이 행여 반응을 보여 주지 않을까 하는 희망과 그들의 작품을 통해 평생 벗어날 수 없는 불명료함으로부터 사람들이 자신들을 좀 꺼내 주지 않을까 하는 바람에서 그러는 거라고 생각한다.

〈등장인물〉[1]

티투스: 로마의 황제
베레니케: 팔레스타인의 여왕
안티오쿠스: 콤마게네의 왕
파울리누스: 티투스의 신하이자 상담역(측근)[2]
아르사케스: 안티오쿠스의 상담역(측근)
포이니케: 베레니케의 상담역(측근)
루틸루스: 로마 병사
티투스의 시종

무대는 로마, 티투스와 베레니케의 처소 사이에 있는 궁정의 밀실[3]

---

1 등장인물들의 프랑스식 발음을 한국어로 표기하면 다음과 같다.
Titus(티튀스), Bérénice(베레니스), Antiochus(앙티오퀴스), Paulin(폴랭), Arsace(아르사스), Phénice(페니스), Rutile(뤼틸)

2 상담역(cofident(e)): 17세기 프랑스 고전극에서 중요한 역할을 담당하는 인물이다. 본래는 신하의 신분이나 주인공들의 속내 이야기를 경청하고 조언을 할 수 있는 심복으로서 사적으로는 주인공들이 가장 신뢰하는 친구라고 볼 수 있다. 따라서 많은 경우에 이들은 극의 전개에 결정적인 역할을 한다.

3 원문에서는 cabinet, 궁정에서 가장 아름다운 공간이자 사생활이 보호되는 장소를 의미한다.

제1막

제1장

안티오쿠스, 아르사케스

안티오쿠스 잠시 멈추게나. 아르사케스, 그대의 눈에는 화려한 이
궁전이 무척 생소하게 느껴지겠지?
눈부시게 아름다운 이 인적 없는 작은 방은 티투스가 자주
그의 비밀들을 털어놓곤 하는 곳이지.
가끔씩 궁정 신하들을 피해 여왕에게
사랑을 고백하는 곳도 바로 이곳이라네.
이 문은 그의 처소에 인접해 있고, 또 다른 이 문은
여왕의 처소로 연결되지. 그녀의 처소로 가 보게.
가서 그녀에게 말하게. 유감스럽게도 불청객이 된 내가
그녀를 은밀하게 뵙기를 청한다고 말이야.

아르사케스 전하, 불청객이라뇨? 고결한 마음으로 무장한
충실한 친구인 당신이요? 한때는 그분의 연인이기도
했던 바로 그 안티오쿠스 님이요? 동양의 기억 속에 가장
위대한 왕들 중의 한 분으로 새겨져 있는 당신께서요?

믿을 수 없습니다. 머지 않아 티투스의 부인이 되리라는 희망이 그분과 당신 사이에

그리도 큰 거리를 만들었단 말씀입니까?

안티오쿠스 부탁하네. 다른 걱정은 말고, 가서 내가 그녀와

단 둘이서만 얘기할 수 있는지 알아보게나.

제2장

안티오쿠스

안티오쿠스 음, 안티오쿠스, 그대 진정 안티오쿠스가 맞는가?

떨지 않고 그녀에게 "당신을 사랑하오."라고 말할 수 있을까?

이럴 수가! 벌써부터 난 떨고 있다. 초조한 내 마음은

그토록 염원해 왔던 이 순간을 두려워하고 있지 않은가!

그때 이미 베레니케는 내게서 모든 희망을 앗아갔었지.

내게 영원한[1] 침묵을 강요하기까지 했었어.

오 년간 침묵을 지켜 왔고, 지금 이 순간까지도[2] 나는 우정의 베일로 내 사랑을 숨겨 왔지. 티투스의 아내로 예정된 그녀가 팔레스타인[3]에 있었을 때보다 내 말에 더 귀 기울일

---

1 프랑스어 원문은 éternel(le). 이 비극 작품의 핵심적인 용어 중의 하나로서 주인공들의 감정과 대립되며 또한 그들이 갖고 있는 끝없는 공포감을 표현하는 형용사이다.

2 안티오쿠스는 지난 5년간의 인고의 세월을 상기한다. 17세기의 통념에 비춰 볼 때 사랑과 이별로 야기되는 모든 감정과 물리적인 의무는 6개월까지가 유효 기간이었다. 베레니케를 향한 안티오쿠스의 맹목적인 사랑을 짐작할 수 있는 대목이다.

3 티투스는 로마제국이 가장 번성했던 시기의 황제였으며 안티오쿠스와 베레니케는 지금의 터키, 시리아, 이스라엘 등의 국가가 위치한 지중해 동부 팔레스타인

거라고 믿어야만 할까? 티투스는 그녀와 결혼할 것이다.
결국 나는 이 순간을 기다렸단 말인가?
그녀가 자신의 연인의 이름을 고백하러 오는 이 순간을?
나의 경솔한 고백이 몰고 올 파장은 과연 무엇일까?
아! 어차피 떠나야만 한다면, 그녀를 화나게 하지 말자.
그냥 떠나자. 아무도 모르는 먼 곳으로 가서 그녀를 잊든지 아니면 죽어 버리자.
뭐라고! 그녀가 모른 척하는 이 고통을 언제까지나 견디라고?
고스란히 삼켜야만 하는 이 눈물을 언제까지나 흘리라고?
뭐라고? 그녀를 떠나는 이 마당에서조차 그녀의 분노를 두려워하다니! 아름다운 여왕이시여, 왜 화를 내시나요?
당신께 내가 이 제국을 떠나라고 요구하러 오기라도 했소?
당신도 한때는 나를 사랑하셨잖소?
아아! 나는 내 연적이 소원을 이루는 데 어떤 치명적인 장애물을 만나게 되리라 오랫동안 믿어 왔소. 그가 모든 것을 할 수 있게 되고, 당신과의 결혼도 진척되고 있는 오늘,
나는 오랜 정절을 지킨 사나이의 불행한 본보기가 되어,
그렇게 헛된 사랑과 희망으로 오 년을 보내고, 변함없이 당신의 연인인 채로 떠나간다고 말하러 왔을 뿐이오.

지역의 왕들이었다.

그녀는 화를 내기보다는 아마도 나를 측은히 여기겠지.
어쨌든 말이나 해 보자. 마음을 더 이상 속박하지 말자.
아아! 그녀를 영원히 보지 않기로 단호히 결심한
희망 없는 연인이 무엇을 두려워한단 말인가?

제3장
안티오쿠스, 아르사케스

안티오쿠스 아르사케스, 들어갈까?

아르사케스 전하, 여왕님을 뵈었습니다. 여왕님을 뵙기가 얼마나
힘들던지요. 임박한 그분의 권세 주변으로
끊임없이 모여드는 수많은 숭배자 무리들을 가까스로 뚫고
마침내 뵐 수 있었습니다.
티투스 님은 일주일간 은둔하면서,
아버지 베스파시아누스의 죽음을 엄숙히 애도한 후 다시
임무를 수행한다고 합니다. 그분은 다시 여왕님에게
마음을 쏟고 있습니다. 전하, 궁정 신하들의 말에 의하면,
아마도 오늘 밤이 가기 전에 행복한 베레니케 님은
여왕의 직함을 황후의 직함으로 바꿀 것입니다.

안티오쿠스 아아! 이럴 수가!

아르사케스 왜 그러십니까? 제 말씀이 전하를 혼란에 빠뜨렸나요?

안티오쿠스 결국 그녀와 독대할 수 없다는 말인가?

아르사케스 전하, 여왕님을 보게 되실 겁니다. 당신이 혼자

이곳에서 여왕님을 뵙고 싶어 하신다는 것을 아십니다.

여왕님은 전하의 요청을 수락한다고

눈짓으로 알려 주셨습니다. 그분은 성가신 궁정 신하들의

눈을 피해서 빠져나올

적당한 때를 엿보고 계실 겁니다.

안티오쿠스 알았네. 자네는 내가 내린 중요한 명령들을

조금도 소홀히 하진 않았겠지?

아르사케스 전하, 저의 신속한 복종을 잘 아시잖습니까?

서둘러서 의장을 마친 배들이 오스티아[1]에서

언제든지 항구를 떠날 채비를 하고,

전하의 명령만을 기다리고 있습니다. 그런데

누구를 전하의 콤마게네 왕국으로 보내시려는 겁니까?

안티오쿠스 아르사케스, 여왕님을 뵙고 나면 출발해야 하네.

아르사케스 누가 떠나야 한다는 겁니까?

안티오쿠스 내가.

아르사케스 전하께서요?

안티오쿠스 아르사케스, 내가 궁정에서 나오는 순간 이곳 로마를

영원히 떠나게 되는 거야.

---

1 티베르강 하구에 위치한 로마의 외항이 있는 도시 이름이다.

아르사케스 정녕 믿기지 않지만 지당한 말씀입니다.
오래전부터 베레니케 여왕님은
당신을 조국의 품에서 억지로 떼어놓았고,
삼 년 전부터 전하를 로마에 붙잡아 두었습니다.
그런 그분이 승리를 쟁취하고서,
당신을 이 화려한 축제의 증인으로 기대하고,
사랑에 빠진 티투스 님이 그분의 남편이 되면서, 그분을 위해 마련한 찬란함이 전하조차 눈부시게 하는 형국이니…

안티오쿠스 아르사케스, 그녀가 행운을 누릴 수 있도록 하자.
나를 괴롭게 하는 이 대화는 그만두게.

아르사케스 전하, 알 것 같습니다. 바로 그 권위가 베레니케 님을,
전하의 온갖 호의를 저버리는 배은망덕한 존재로
만들었군요. 원한이 배신당한 우정의 뒤를 잇는군요.

안티오쿠스 그렇지 않아. 난 그녀를 조금도 미워하지 않아.

아르사케스 그럼 대체 이유가 뭡니까? 새 황제께서 벌써 권위에 너무도 압도되어 전하를 무시하셨습니까?
장차 그분의 무관심에 대한 전하의 예감 때문에
그분을 피해 로마를 떠나시려는 겁니까?

안티오쿠스 티투스 님이 변했다고는 추호도 생각하지 않아.
그런 불평을 한다면 아마도 내가 잘못이지.

아르사케스 왜 떠나시려는 겁니까? 그 어떤 갑작스러운 변화가

당신을 당신 자신의 적이 되게 했는지요?
하늘은 전하를 사랑하시는 황태자를 왕좌에 앉혔습니다.
그분은 지난날 당신이 출전했던 전투의 증인으로서,
당신이 그분의 뒤를 쫓아 영광과 죽음을 추구한 것을 목격했던 분이십니다.
전하의 도움 덕택에 그분의 용맹함이 마침내
저 반항하는 유대민족을 굴복시켰지요.[2]
새 황제는 기억하고 계십니다. 오랫동안 불안에 떨게 했던 적의 포위공격 때,
승패를 결정지었던 지독히도 괴로웠던 그날을요.
침착한 적들은 삼중으로 둘러싸인 성벽 주위에서 담담하게,
우리의 헛된 돌격을 주시하고 있었지요.
나약한 무기만이 헛되이 그들을 위협했을 뿐이었지요.
전하, 오직 당신만이, 손으로 사다리를 붙들고
성벽 위에까지 올라가 사투를 벌였습니다.
바로 그날 태양은 당신의 죽음을 밝게 비추어 주는 것 같았죠. 티투스 님은 제 팔에 안겨 죽어 가는

2 티투스의 아버지 베스파시아누스는 황제의 자리에 오르자마자 아들 티투스에게 66년부터 로마 점령에 항거해 온 유대 지역을 평정하라는 명을 내렸다. 총사령관으로 전투에 참여한 티투스는 100여 만 명의 유대인을 학살하고 예루살렘을 파괴하였다. 이 승리를 기념하기 위해 세워진 티투스의 개선문은 지금도 로마 광장 입구에 남아 있다.

전하를 부둥켜안았고,
승리를 거둔 군대는 당신의 죽음을 애도했지요.
전하, 이제는 당신이 흘렸던 그토록 많은 피의 대가를
기대해야만 할 때입니다. 만일 전하께서 고국에 돌아가고
싶은 바람으로 다급해져서, 또한 전하께서 통치자가 아닌
신하로 이곳에서 사시는 것에 지쳤다고 해서,
그 어떤 경의의 표시도 없이 유프라테스가 당신을 떠나 보
내야 할까요? 떠나시더라도 로마인들이 우정의 표시로
로마의 우방국 왕들에게 바치는 최고의 작위와 함께,
로마 황제가 당신을 공신의 직함으로 보내실 때까지
기다리십시오. 전하, 그 무엇도 당신의 계획을
바꿀 수 없는 것입니까? 대답이 없으시군요.

안티오쿠스 내게서 무슨 말을 듣길 원하는가?
나는 베레니케와의 면담 시간을 기다릴 따름이네.

아르사케스 그리고 난 후에는요, 전하?

안티오쿠스 그녀의 운명이 나의 운명을 결정할 것이네.

아르사케스 무슨 말씀인지요?

안티오쿠스 결혼에 관한 그녀의 생각을 듣고 싶네. 행여 그녀의
말이 소문과 일치한다면, 행여 그녀가
로마 황제들의 왕좌에 오르게 된 것이 사실이라면, 행여
티투스가 그녀와 결혼한다고 말했다면, 난 떠날 것이네.

아르사케스 대체 무슨 이유로 이 결혼을 그리도 치명적으로 생각하십니까?

안티오쿠스 출발하면, 못다한 이야기를 다 해 주겠네.

아르사케스 전하, 당신은 저를 큰 혼란에 빠뜨리시는군요!

안티오쿠스 여왕이 오시네. 가서 내 말대로 모든 것을 채비하게.

제4장
베레니케, 안티오쿠스, 포이니케

베레니케 이제야 겨우 벗어났어요. 행운이 제게 마련해 준 수많은 새 친구들의 성가신 환대로부터 말이에요.
쓸데없이 긴 그들의 인사치레를 피해서,
진심을 말해 줄 친구를 찾아왔어요.
사실대로 말씀드리지요.
당연한 초조감은 벌써 전하의 무심함을 원망하고
있습니다. 세상에! 안티오쿠스 님,
전 동양과 로마가 증인이지요. 그 어떤 역경 속에서도
변함없이 줄곧, 내 삶의 항로를 한결같은 걸음으로
뒤따랐던 바로 그 안티오쿠스 님이,
당신과 함께하고 싶은 영광을
오늘 하늘이 예고하는 듯한데,
바로 그 안티오쿠스 님이 제 눈앞에서 숨어 버리고,
저를 낯선 군중들의 처분에 맡겨 버리실 건가요?

안티오쿠스 그렇다면 마마, 그것이 사실이란 말이오?
결혼이 당신들의 오랜 사랑의 뒤를 잇게 된다는 거요?

베레니케 전하, 기꺼이 전하께 제 근심을 털어놓고 싶습니다.
요즈음 제 눈은 눈물로 젖어 있습니다. 티투스 님이 궁정
신하들에게 명했던 그 긴 애도 기간 동안
저를 향한 그분의 은밀한 사랑도 멈춰 버렸답니다.
저만을 바라보던 날들은 과거가 되어 버렸고,
그분에게는 더 이상 예전의 뜨거운 열정이 없습니다.
근심에 싸여 말 없이, 눈물이 고인 채, 제게 슬픈 작별
인사만을 남길 뿐입니다. 저의 고통을 한번 가늠해 보세요.
수백 번 말씀드렸지요. 정점에 다다른 제 열정은
오직 티투스, 바로 그분만을 사랑할 뿐입니다.
저는 그분을 휘감고 있는 권세보다
그분의 사랑을 택했고, 그분의 미덕을 원했습니다.

안티오쿠스 그분이 당신께 품었던 최초의 사랑을
되찾았단 말이오?

베레니케 전하는 지난밤 일을 목격하신 분입니다.
원로원은 그분의 종교적 책무를 일깨우기 위해,
그분의 선친을 신의 반열에 올렸습니다.
전하, 그러한 당연한 의무에 만족해하는 그분의 효심은,
연인인 저에 대한 책임감과 대체되고 말았습니다.

지금 이 순간조차도, 제게 아무런 말씀도 없이
그분이 소집 명령을 내린 원로원으로 가 버리셨습니다.
그곳에서, 그분은 아라비아와 시리아 전체를 합병하여
팔레스타인의 국경을 확장했습니다.
그분 친구들의 말이 사실이라면,
또 수천 번 제게 다짐했던 그분의 언약대로라면,
그분은 제게 황후라는 칭호를 하나 더 하사하기 위해,
수많은 나라들을 다스리는 권한을 주실 것입니다.
그 약속을 보장하려 그분이 직접 이곳으로 오실 겁니다.

안티오쿠스 결국 나는 당신께 영원한 작별을 고하러 온 거군요.

베레니케 무슨 말씀이세요? 세상에! 작별이라뇨! 어떻게 그런 말씀을! 전하, 당황하시는군요. 안색이 변하시다니요?

안티오쿠스 마마, 난 떠나야만 하오.

베레니케 뭐라고요? 무슨 이유로…

안티오쿠스 (방백으로) 그녀를 만나지 말고 떠났어야 했어.

베레니케 무엇을 두려워하시나요? 말씀해 보세요. 오랜 침묵은 너무 힘들어요. 전하, 대체 떠나시려는 비밀이 무엇인지요?

안티오쿠스 내가 당신의 뜻을 존중한다는 것,
그리고 당신과의 이 대화가 마지막임을 기억해 주오.
설령 최고의 영화와 권세를 누리게 된다 해도,
당신이 태어났던 곳을 기억해 주오.

바로 그곳에서 내 심장은 당신의 눈빛에서 튀어나온
최초의 사랑의 화살을 맞았다는 것도 기억해 주오.
사랑했소. 나는 당신의 오빠 아그리파[1]의 허락을 받았었소.
그분은 나를 위해 당신에게 말했고, 아마도 당신은
기꺼이 내 마음의 조공朝貢을 받아 주었을 것이오.
티투스는 나의 불행을 위해 등장했소. 당신을 보았고,
당신의 마음을 사로잡고 말았소.
그분이 당신 앞에 나타났소. 양손에 로마의 복수를
거머쥔 모든 광채에 휩싸여서 말이오.
유대국은 그로 인해 빛을 잃었소.
비참한 안티오쿠스는 맨 먼저 패자들 속에 끼게 되었소.
이윽고, 내 불행의 잔인한 대변자인 당신의 입술은
내 입술에게 침묵할 것을 명했소. 오랫동안 나 자신과 싸우며,
난 내 눈빛으로 대신 말해 보려 했었소.
당신이 가는 곳마다 내 눈물과 한숨이 뒤따랐소.
마침내 당신의 준엄함이 이겼고, 당신은 내게 멀리 떠나
든지 아니면 침묵하라고 명령했소.

1 남부 레바논 시리아의 왕이었던 헤로데 아그리파 2세(27-93경)를 가리킨다. 로마와 매우 각별한 친분관계를 맺고 있었으며, 67년에 티투스의 군대가 도착하자 로마군의 작전을 도와 예루살렘을 최종적으로 점령했다. 전쟁이 끝난 후 티투스는 고마움의 표시로 그의 영토를 확장시켜 주었다.

나는 침묵을 지키기로 약속해야만 했고, 그것을 맹세하기까지 해야 했소. 하지만, 지금 이 순간,

감히 사랑을 고백하게 된 이상 하는 말인데,

당신이 내게 그 같은 부당한 약속을 강요했던 순간에도,

내 마음은 당신을 끊임없이 사랑하겠다고 맹세했소.

베레니케 아! 지금 무슨 말씀을 하시는 건가요?

안티오쿠스 마마, 나는 오 년 동안 침묵을 지켰고,

앞으로도 더욱 오랫동안 침묵을 지킬 것이오.

내가 나의 행복한 연적의 군대를 따라갔던 것은,

나의 눈물에 뒤이어 피를 흘리기를,

아니면 적어도 수천 가지 무훈을 통해 당신에게까지 나의 명성이 전해져, 그 명성이 내 목소리를 대신하여

당신에게 말해 주기를 바라서였소.

하늘이 나의 고통에 끝을 약속하는 듯했소.

당신은 아마도 나의 죽음을 애도했을 거요. 아아! 그런데…

그 얼마나 부질없는 위험을 무릅썼던가!

무엇이 내 잘못이었던가!

티투스의 용맹은 나의 광기를 능가했소.

나는 존경심으로 그의 미덕에 화답해야만 했소.

마마, 비록 이 지상의 제국에서는 예기된 일이라 해도,

전 세계인들의 사랑을 받고, 당신의 사랑까지 받게 된

티투스 님에게만 모든 행운이 운명 지어진 것 같았소.
반면에 아무런 희망도 없이, 버림받고 삶에 지친 불행한
연적인 나는 단지 그를 뒤따라가기만 하는 것 같았소.
당신의 마음이 은밀히 내게 박수를 보내고 있다는 것도,
세인들이 별로 애통해 하지도 않고, 내 말에 귀를 기울이고
있다는 것도 알고 있소. 이 비통한 이야기에 마음을 기울이는
당신은 티투스 님을 위해 나머지도 너그럽게 들어 주시오.
마침내, 그토록 느렸던 만큼 잔인했던 포위공략이 끝난 후,
그분은 창백하고 피범벅이 된 반란자들을 굴복시켰고,
화염과 배고픔, 내부의 광기도 잠재웠소.
그리고 폐허 속에 그들의 성벽을 숨겨 두었소.
마마, 로마는 당신이 그분과 함께 입성하는 것을 보았소.
황량한 동방에 남겨진 나의 슬픔은 어떠했겠소!
나는 오랫동안 카이사리아[2]를, 내 마음이
당신을 열렬히 사랑했던 그 매혹의 장소를 떠돌아다녔소.
나는 비탄에 잠긴 당신의 조국에
당신을 돌려줄 것을 요구했소.
나는 눈물로 당신의 발자취를 찾아다녔소. 그러다 마침내,
슬픔에 못 이겨 절망 속에서 이탈리아를 향해 발길을 돌렸소.

---

2 유대국 주재 로마 대사관이 있었던 도시 이름으로 프랑스식 표기는 세자레이다.

운명의 여신은 그곳에, 나를 겨냥한 마지막 일격을 예정해 두고 있었소. 티투스는 나를 포옹한 후, 당신 앞에 데려갔소.
우정이라는 베일로 당신들 두 분을 다 속였고,
나는 당신들의 사랑의 조언자가 되었소. 하지만
언제나 그 어떤 희망이 나의 절망을 어루만져 주었소.
당신들의 사랑의 걸림돌인 로마와 베스파시아누스가 당신을 괴롭혔기 때문이오. 수많은 반대에 밀려,
티투스 님이 어쩌면 포기할지도 모르니까요. 그런데
베스파시아누스가 서거하고, 티투스가 통치자가 되었소.
얼마나 도망치고 싶었던지!
하지만 나는 며칠 동안 새 제국의 추이를 지켜보고 싶었소.
이제 내 운명은 정해졌고, 당신의 영광이 시작되려 하오.
이 축제에는 내가 없어도 넘칠 만큼 수많은 증인들이
당신의 행복한 열정에 그들의 열광을 보태려 올 것이오.
나로서는 단지 눈물밖에는 보탤 것이 없을 것이오.
너무도 확실한 헛된 사랑의 희생자로서,
불행 한가운데에서도,
그 불행을 가져다준 사람의 면전에서 그 모든 이야기를
비난받지 않고 이야기할 수 있었음을 기쁘게 생각하며,
그 어느 때보다 더 당신을 향한 큰 사랑을 간직한 채 떠나오.

베레니케 전하, 제가 로마의 황제와 혼인 서약을 하게 된 날,

스스럼없이 제게 다가와 사랑을 고백하는 남자가 있다니
믿기지가 않습니다.
하지만 우리의 우정을 생각해서 침묵하렵니다.
당신을 위해 이 모욕적인 이야기도 잊으렵니다.
그 무례한 이야기를 중단시키지도 않았어요.
그 이상도 하겠어요. 유감스럽지만 전하의 작별인사도
받아들이겠어요. 하늘이 내리신 영광의 중심에서,
제가 오직 당신만을 기쁨의 증인으로 기대했었다는 것을
하늘은 아실 거예요. 저는 세상 모든 사람들과 함께
전하의 용기에 경의를 표했죠.
티투스 님은 전하를 소중히 여겼고, 전하 또한 티투스 님을
존경했지요. 수백 번이나 저는 당신 안에서 또 하나의
티투스 님을 느끼는 극도의 감미로움을 만끽했었답니다.

안티오쿠스 바로 그 때문에 도망치려는 것이오.
너무 늦었지만, 내 몫이라고는 전혀 없는
이 잔인한 대화를 피해 떠나야겠소.
티투스, 나의 평온을 깨는 그 이름, 끊임없이 당신의
입술이 되뇌는, 바로 그 이름을 피해 달아나야겠소.
무슨 말을 할 수 있겠소? 항상 나를 보면서도 진지하게
바라봐 준 적이 없는, 그 텅 빈 당신의 눈을 피해
달아나야겠소.

안녕히.[3] 나는 떠납니다. 당신의 모습으로 너무도 꽉 찬
가슴을 안고. 그곳에서 당신을 사랑하면서,
내 몫으로 남겨진 죽음을 기다리겠소. 그러나
극심한 고통 때문에 내 불행에 대한 소문으로,
세상을 떠들썩하게 하는 일은 없을 것이니,
두려워 마시오. 단지 내가 죽었다는 소문으로 인해,
여전히 당신의 기억 속에 살아남을 수 있기를 바랄 뿐이오.
영원히 안녕.

3 마지막 행에 또 한번 등장하는 두 번의 '안녕(Adieu)'은 안티오쿠스의 절망이 절정에 달했음을 암시한다.

제5장

베레니케, 포이니케

포이니케 너무도 측은하시군요. 저리도 충실하신 분은
마마, 당연히 더 많은 행운을 누리셨어야 해요.
저분이 가엽지 않으신가요?

베레니케 솔직히, 갑작스런 그분의 떠남이
알 수 없는 고통을 남겨 주는구나.

포이니케 저라면 그분을 붙잡았을 거예요.

베레니케 누가? 내가? 내가 그분을 붙들어야 했다고?
아니, 오히려 추억까지도 다 놓아 버려야 해.
넌 내가 그 어리석은 열정을 받아 주길 바라는 게냐?

포이니케 티투스 님은 아직 자신의 심중을 전혀 밝히지 않고
계십니다. 마마, 로마는 질투의 눈으로 당신을 바라보고
있어요. 엄격한 로마법이 저를 불안하게 합니다.
로마에서는 오직 로마인들끼리의 혼인만 용납됩니다.
로마는 다른 왕들을 모두 증오해요.

그런데 베레니케 당신은 여왕이시잖아요.

베레니케 더 이상 내가 두려워할 때가 아니야, 포이니케.
티투스 님은 나를 사랑하시고, 그분은 뭐든 할 수 있어.
이제 공표만 하면 되는 거야.
그분은 원로원이 나에게 경의를 표하고,
백성들이 화관을 씌워 주는 것을 보시게 될 거야.
포이니케, 그날 밤 그분의 그 장엄한 광채를 보았잖니?
너의 두 눈이 온통, 그분의 위대함으로 가득 차지 않았더냐? 수많은 횃불, 장작더미, 그 뜨거웠던 밤,
펄럭이던 군기들, 창들, 군중들, 군인들,
수많은 왕들, 집정관들, 원로원,
그들 모두가 내 연인에게서 광채를 받았잖느냐.
그분의 영광이 드높였던 그 자줏빛 제복, 황금, 승리의
증거인 월계수들, 사방에서 오직 그분만을 선망하는
시선을 보내던 모든 눈들…
그 위풍당당한 풍채, 자애로운 모습.
오! 그 얼마나 많은 존경과 호의로,
모든 사람들이 은밀히 그분에게 충성을 약속했던가!
말해 보렴.
어느 누구라도, 그분을 보면 나와 같을 거야. 운명의 여신이
그분을 보잘것없는 집안에서 태어나게 했을지라도,

일단 뵙고 나면 세상이 그분을 주인으로 인정하지 않을 수 있겠는가 말이다. 그런데 포이니케,
황홀한 추억이 대체 날 어디로 데려가는 거지?
지금 로마 전체는 티투스 님에게 맹세를 하고, 제물을 바침으로써, 그분의 새로운 통치의 시작을 염원하고 있다.
그런데 우리는 왜? 가자. 가서 그분을 지켜 주시는 신에게
그분의 행복한 제국을 위해, 우리의 맹세 또한 바치자.
그분을 기다리지도, 그분을 기다리게 하지도 말고,
곧장 그분을 찾으러 가야겠다.
그토록 오랫동안 참아 온 열정이, 행복한 우리 두 사람의
마음에 무엇을 불러일으켰는지를, 모두 다 말씀드려야겠다.

제2막

제1장

티투스, 파울리누스

티투스 콤마게네의 왕을 뵈었느냐?

내가 기다린다는 것을 알고 계시느냐?

파울리누스 제가 여왕님의 처소로 달려갔었습니다.

그곳에 그분이 계셨었다는데,

제가 당도했을 때는 이미 떠나신 후였습니다.

폐하, 그분께 폐하의 명령을 전하라고 일렀습니다.

티투스 알았다. 그런데 베레니케 여왕님은 무얼 하고 계시느냐?

파울리누스 여왕님은 폐하의 성은에 감동하시어, 폐하의 번영을

위해 하늘에 기도를 하고 계십니다.

여왕님께서는 출타 중이셨습니다, 폐하.

티투스 너무도 사랑스러운 여왕이건만! 아아 어찌할 거나!

파울리누스 무슨 연유로 그분 때문에 슬퍼하시는지요?

동양의 거의 전체가 여왕님의 법 아래 무릎을 꿇을

것입니다. 그런데 그분을 불쌍히 여기시다니요?

티투스 파울리누스, 자네만 남고 다들 물러가도록 하게.

제2장
티투스, 파울리누스

티투스 음, 그래! 아직 나의 심중을 잘 모르는 로마는
여왕의 운명이 어떻게 될지 주목하고 있다.
파울리누스, 그녀의 마음과 내 마음속 비밀들은 전 우주의
화젯거리가 되었다. 이제 내 생각을 밝혀야 할 때가 되었다.
나와 여왕에 대한 백성들의 여론은 어떠한가?
말해 봐. 뭐라고들 하는지.

파울리누스 폐하, 도처에서 당신의 덕과 그녀의 아름다움을
칭송하는 소리를 들었습니다.

티투스 내가 여왕 때문에 한숨짓는 일에 대해선 뭐라고들
하는가? 이리도 변함없는 내 사랑에 대해
그들이 어떤 결말을 기대하더냐?

파울리누스 당신은 모든 것을 다 하실 수 있습니다. 사랑하시든지,
그 사랑을 멈추시든지, 궁정 신하들은 항상 폐하 편입니다.

티투스 하지만, 그들은 늘 군주들의 환심을 사기에 급급해하며,

솔직하지 못하고, 네로의 범죄를 묵인하기까지 했다.
나는 그들이 무릎을 꿇고 네로의 광기를 신성시하는 것도 보았다.
나는 추호도 우상숭배적인 그들을 심판관으로 삼지 않겠다.
파울리누스, 나는 좀 더 고상한 연극을 생각하고 있다.
아첨꾼들의 말에 귀를 기울이지 않고,
그대의 입을 통해서만 민심을 듣고자 한다.
자네는 그렇게 하겠다고 약속했었지.
존경심과 두려움 때문에 아무도 내게 불만을 말하지 못한다.
친애하는 파울리누스, 나는 더 잘 보기 위해,
더 잘 듣기 위해, 자네의 귀와 눈을 필요로 했네.
그 대가로 나의 은밀한 우정을 자네에게 담보했지.
나는 자네가 민심의 대변자이기를 바랐네.
자네의 솔직함이 아첨꾼들을 벗어나,
항상 진실만이 내게 이르도록 해 주게.
말해 봐. 베레니케는 어떤 희망을 품을 수 있을까?
로마는 그녀에게 관대할까? 아니면 가혹할까?
그토록 아름다운 여왕이 로마 황제들의 왕좌에 앉게 되면,
정녕 로마제국의 눈에 거슬리게 될 거라고 믿어야만 할까?

파울리누스 폐하, 의심할 여지가 없습니다.
이성으로건 변덕으로건 간에,

로마는 결코 그분을 황후로 맞으려 하지 않을 것입니다.
그분이 매력적이라는 것은 다들 압니다. 사람들은 그분이
아름다운 손으로 제국의 통치권을
폐하께 요구할 것이라고 생각하고 있습니다.
심지어 그분이 로마 여인의 심장까지 갖추고 있다고 말들을 합니다. 수많은 미덕을 지니고 있다고도 말들을 합니다.
하지만, 폐하, 그분은 여왕이십니다.
로마는 확고한 법에 따라, 자신의 핏줄과 다른 그 어떤
이방인의 혈통도 인정하지 않으며,
로마의 전통을 위반하여 태어난 아이들 또한
전혀 용납하지 않습니다. 폐하도 잘 아시지 않습니까?
추방된 왕들을요.
한때는 그토록 고귀하고 성스럽게 여기던 그들에 대해,
영원히 강력한 반감을 지니고 있습니다.
비록 로마가 그의 황제들에게 충성하고 복종한다 할지라도,
폐하, 그 반감은 로마인의 자부심 안에 남아 있어서,
공화정 이후에도 여전히 모든 사람들의 마음속에
살아 숨쉬고 있습니다.
로마를 맨 처음 자신의 군대에 굴복시키고, 공포정치로
그 반감을 무력화시키려고 했던 율리우스[1]는 클레오파트라를 열렬히 사모했지만 그 사랑을 공표하지 못한 채,

그녀를 홀로 동양에서 한숨짓게 했습니다.
그녀를 숭배할 정도로 사랑했던 안토니우스[2]는
자신의 명예와 조국을 버리고 그녀의 품으로 찾아갔지만,
감히 자신을 그녀의 남편이라고 말하지 못했습니다.
로마는 그를 찾아가 무릎까지 꿇었으면서도,
그 연인과 정부를 파멸시킬 때까지
분노와 복수욕을 멈추지 않았습니다.
그때부터, 폐하, 칼리굴라[3]와 네로,
어쩔 수 없이 제가 여기에서 그 흉측한 이름을 댈 수밖에
없는, 단지 인간의 탈을 쓰고
로마의 온갖 법을 짓밟았던 그 폭군들도, 유일하게
이 법만은 두려워했고, 우리의 눈앞에서 결코 혐오스런
결혼[4]의 횃불을 밝히지는 못했습니다.

---

1 이집트 원정 때 알렉산드리아에서 만난 클레오파트라 여왕과 사랑에 빠져 BC 46년에 그녀를 로마로 초대해 백성들의 분노를 사게 되어 결국 정적들로부터 암살당했다.

2 폼페이우스와 율리우스 카이사르의 대결 구도에서 호민관으로 일하던 그는 카이사르의 열렬한 지지자였다. BC 44년 집정관의 자리에 올랐으며, 클레오파트라와 동맹을 맺고 연인 관계로 발전했다. BC 31년 악티움 해전에서 패배한 그는 클레오파트라와 합류하여 이집트로 달아났으나 로마의 옥타비아누스 군대에 포위당해 그녀와 자결했다.

3 티베리우스의 뒤를 이어 로마의 황제가 된 그는 원로원을 무시하고 전대미문의 잔혹한 행위들을 저지른 폭군으로 유명하다.

4 hymen : 비극에서 사용된 '결혼'을 의미하는 고상한 어휘이다. 희극에서는 통상 mariage라는 단어를 사용한다.

모든 것을 솔직하게 말하라 명하시니, 말씀드립니다.
해방노예[5] 팔라스와 형제간이며, 클라우디우스의 권력에
눌려 억류되어 있던 펠릭스[6]가 두 여왕의 남편이 되었지요.
폐하, 제가 끝까지 당신께 복종해야 하니 드리는 말씀인데,
그 두 여왕은 베레니케와 같은 혈통이었습니다. 그런데 폐하,
백성들 시선에 거슬리지 않게, 로마 황제의 침대에
동양의 여왕을 들일 수 있다고 믿으십니까?
동양에서는 여왕들이 로마에서 풀려난 노예를
그들의 침실로 들인 적이 있다고 합니다만.
폐하의 사랑에 대한 로마인들의 생각은 바로 이렇습니다.
감히 장담할 순 없지만,
해가 지기 전에 제국의 뜻을 대변하는 원로원이
제가 지금 드린 말씀을 똑같이 이 자리에서 말하고,
또한 그들과 함께 로마제국이 폐하께 무릎을 꿇고,
로마와 폐하께 합당한 선택을 하시라고 간청드리지 않을까
생각합니다. 폐하, 답변을 준비하셔야겠습니다.

---

5 과거의 노예 신분에서 자유의 몸이 된 사람을 의미한다. 희랍인들 사이에서 시민권은 하나의 세습되는 특권이었으므로 해방노예들에게는 시민권을 부여하지 않았다. 그러나 로마의 법률은 해방노예들이 법적 절차에 따라 부분적으로 시민권을 획득할 수 있는 가능성을 열어 놓았다. 클라우디우스의 황후도 황제를 조종하고 자신의 탐욕을 채우기 위해 이들을 가까이에 두고 이용했다.

6 유대국 주재 로마 대사로 베레니케의 언니와 결혼하고 나중에는 안토니우스와 클레오파트라의 손녀딸과도 결혼했다.

티투스 아아! 그들이 이리도 큰 사랑을 포기하길 바라다니!

파울리누스 뜨거운 사랑이지요. 알고 있습니다.

티투스 자네가 생각하는 것보다 천 배는 더 격렬한 사랑이라네.

파울리누스, 나는 매일매일 그녀를 보고, 그녀를 사랑하고,
그녀를 즐겁게 하는 일을 더없는 기쁨으로 삼았었네.
아니 그 이상이었어. 자네에게 뭘 숨기겠는가.
그녀와 관련해서 나는 신께 수없이 감사드렸네.
내 아버님을 선택하셔서 이두마이아[7]에서 동양과
그 군대를 굴복시켜 주시고,
또 남은 백성들을 격려하여 피로 물든 로마에 평화를
되찾게 해 주신 일을 말일세.
심지어 내가 아버님 대신 그 자리에 있었더라면 하고 바라기
까지 했지. 파울리누스, 나는 말이야, 운명이 좀 덜 가혹해서
아버님의 생의 끈을 조금만 더 늘려 주겠다고 했다면,
기꺼이 내 수명을 나눠 드렸을 것이야.
이 모두가, (사랑에 빠진 남자는 자신이 뭘 원하는지도 모르
는 법!),
베레니케를 황후로 추대하여 언젠가는

---

7 신약성서에 나오는 유대국 남쪽에 위치한 고대 지역 이름으로 사해에서 홍해에 이르는 지방을 가리킨다. 베스파시아누스가 황제로 등극한 장소이기도 하다. 이처럼 라신은 실제로 존재한 장소들의 이름을 사용한다.

그녀의 사랑과 믿음에 보답하고, 나와 함께 그녀의 발 밑에
엎드린 모든 이들을 보게 되리라 소망했거늘, 파울리누스,
내가 이렇게 사랑하는데, 이토록 매력적인 그녀인데,
눈물 속에서 수없이 사랑의 맹세를 해 놓고, 이제는 내 손으로
그토록 매력적인 그녀에게 왕관을 씌워 줄 수 있는데,
그 어느 때보다 더 그녀를 사랑하는 지금,
우리 두 사람을 하나로 이어 줄 행복한 결혼으로,
오 년의 소원을 단 하루 만에 이룰 수 있는 이 시점에,
내가 가서, 파울리누스… 하늘도 무심하시지!
어떻게 그런 말을 할 수 있을까?

파울리누스 무슨 말씀이십니까? 폐하.

티투스 그녀와 영원히 이별할 것이다.
지금은 내 마음이 쉽게 굴복하지 않으려 하는구나.
내가 그대와 대화를 하고 그대의 말을 듣고자 했던 것은,
그대의 충직함이 간신히 침묵하고 있는 내 사랑을,
은밀하게 좌절시켜 주기를 원해서였다.
베레니케를 두고 내 고뇌가 오래 지속되었네.
마침내 명예 쪽으로 내 마음이 기울게 되기까지,
격렬한 사랑을 억제하기 위해 내가 여러 날 동안
피를 토하는 싸움을 그 대가로 치렀다는 걸 믿어다오.
사랑했었다. 극도의 평온 속에서 사랑의 탄식도 했었지.

그땐 다른 분이 이 제국을 책임지고 계셨으니까.
그때 난 내 운명의 주인이었고, 자유롭게 사랑에 한숨짓고
내 욕망에 대해서만 생각했었네.
그런데 하늘이 아버님을 불러 가시자마자,
내 비통한 손이 아버님의 눈을 감겨드리자마자,
사랑의 미망에서 깨어나게 되었네.
나를 짓누르는 무거운 짐을 느끼게 된 것이지.
그리곤 내 사랑의 감정에 충실하기는커녕, 파울리누스,
나 자신마저도 포기해야만 한다는 것을 알게 되었다.
신이 나를 선택한 것은 내 사랑에 반하여 내 남은 삶을
세상에 바치라는 뜻이었다는 것도 알게 되었다.
로마는 오늘 나의 새로운 행동을 주시하고 있다.
내가 만일 첫 행보부터, 로마의 모든 법을 전복시키고,
그 잔해 위에 내 행복을 쌓는다면, 내게는 그 얼마나
수치스러운 일이겠으며,
또한 그녀에게는 그 얼마나 불길한 예고이겠는가!
나는 그처럼 가혹한 희생을 치를 결심을 하고,
가엾은 베레니케에게 그 희생을 각오하게 하려고 했다.
하지만 어떻게 말문을 열어야 할까? 일주일 전부터,
수없이 그녀 앞에서 그 이야기를 꺼내려 했지만, 당황한 내
혀는 첫마디부터 그대로 얼어붙고 말았다.

내 불안과 고통이 그녀에게 우리 두 사람의 불행을
예감케 하기를 바랐다. 하지만 추호의 의심도 없이, 그녀는
내 근심을 감지하고서, 손을 내밀어 눈물을 닦아 줄 뿐,
이 모호한 상황에서조차
전혀 눈치를 못 채고 있다.
그녀가 당연히 누려야 마땅한 이 사랑이 끝나 버렸음을.
마침내 오늘 아침, 나는 용기를 냈네.
파울리누스, 그녀를 만나야 한다.
그리고 침묵을 깨뜨려야만 한다.
안티오쿠스를 만나 그에게 내가 더 이상 지켜 낼 수 없는
귀중한 보물을 맡아 달라고 부탁하려네.
그가 동양까지 그녀를 모셔다 드리길 원하네.
로마는 내일 여왕이 그와 함께 떠나는 것을 보게 되겠지.
그녀는 곧[8] 내 음성을 통해 그 소식을 듣게 될 거야.
그녀에게 마지막 말을 전하러 가야겠다.

파울리누스 도처에서 승리를 거두시고 명예를 중히 여기시는
폐하이시기에 기대는 하고 있었습니다.

---

8 티투스는 긴박한 상황을 환기시키기 위해 시간적 지표들, 즉 '오늘 아침(ce matin)', '내일(demain)', '곧(bientôt)'을 대사에 삽입한다. 위의 지표들은 그의 결심에 힘을 실어 주는 한편, 동시에 베레니케를 향한 그의 사랑을 포기해야만 하는 고통과 무기력한 모습을 암시해 준다.

굴복한 유대국, 당신의 고귀한 열정의 영원한 기념물인
연기에 뒤덮인 성벽들,
이 모든 것이 폐하의 탁월한 용맹이 몸소 이뤄낸 업적을
파괴하는 것을 원치 않으리라 믿었습니다.
수많은 국가들을 정복한 영웅이시기에 머지않아
사랑의 열정도 이겨 내실 수 있으리라 믿었습니다.

티투스 아! 허울뿐인 숱한 미명에 가려진 그 영광의 속성이란
얼마나 가혹한가! 또다시 죽음을 무릅써야만 한다 해도
내 슬픈 눈에 비친 그녀는 얼마나 아름다운지!
내가 무슨 소리를 하고 있는 건가?
그녀의 매력에 푹 빠져 버린 이 격정,
베레니케가 일찍이 내 마음속에 불을 지폈던 거야.
그대도 모르진 않지.
내 명성이 처음부터 똑같은 광채로 빛난 건 아니라는 사실을.
네로의 궁정에서 양육된 내 젊은 시절,
파울리누스, 잘못된 본보기로 인해 방황했었지.
너무도 쉽게 쾌락의 비탈길로 내려갔었지.
베레니케가 나를 사로잡았네. 사랑하는 여인을 기쁘게 하고,
그녀의 마음을 얻기 위해 사랑에 빠진 남자가 그 무엇인들
못하겠는가?
가차없이 피를 뿌렸네. 오직 전투만 생각했네.

난 개선장군이 되어 돌아왔네. 하지만
피와 눈물만으로는 그녀의 사랑을 얻기에 충분치 않았어.
난 수많은 불행한 사람들을 행복하게 하는 일에 착수했지.
사람들은 나의 선행이 사방으로 퍼져 나가는 것을 보게 되었네. 행복했다네. 자네가 상상할 수 없을 정도로 행복했다네.
나의 선행에 감동한 사람들에 둘러싸여
그녀의 앞에 나타난 나를 그녀가 만족한 눈으로 보아 줄 때 말이야. 모든 게 다 그녀 덕이네.
그런데 파울리누스, 잔인한 보답이라니! 그녀에게 빚진 그 모든 것을 어이없게도 그녀가 되갚게 될 판이 되었네.
그토록 명망과 덕이 높은 그녀에게, 그 대가로 말해야만 하네. "떠나시오. 그리고 더는 못 볼 것이오."라고 말이네.

파울리누스 아니 폐하! 어찌 그리 심한 말씀을! 관대하신 폐하께서,
유프라테스까지 그녀의 통치권을 확장시켜 주신 폐하께서,
그토록 많은 경의의 증표들로 원로원도 깜짝 놀란 정도인데,
그런데도 배은망덕한 자가 될까 두려워하시다뇨?
베레니케 여왕님은 이제 수많은 국가들을 통치하게 되실 겁니다.

티투스 그것은 너무도 큰 고통에 비하면 작은 위안일 뿐이로다!
나는 베레니케를 잘 알지, 너무 잘 알지.
그녀가 원하는 것은 오직 내 마음뿐이라는 것을.

그녀를 사랑했고, 그녀도 내게 매료되었지.
그날 이후로 (아아, 이를 불운이라고 해야 할까? 행운이라
고 해야 할까?) 사랑에 빠져서 오직 사랑만을 갈망하며,
파울리누스, 로마의 이방인으로, 궁정의 무명인으로,
나날을 보내고 있다. 잠시 나를 만나고,
나머지 시간마저도 오직 나를 기다리면서.
아직도 내가 어쩌다 좀 지체하여
그녀가 기다리는 시간에 늦게 나타나면
이내 눈물로 범벅이 된 그녀를 보게 된다네.
내 손은 그 눈물을 닦아 주기에 여념이 없네.
사랑이 지닌 모든 난관들,
감미로운 비난, 끊임없이 되살아나는 걱정,
기교를 부림이 없이 기쁨을 주려는 섬세함,
늘 새롭게 밀려오는 두려움, 아름다움, 영예, 덕성,
난 그녀에게서 그 모든 것을 느꼈다네.
꼬박 오 년 동안 매일 그녀를 보아 왔네. 그런데
항상 처음 만나는 느낌이야. 더 이상 생각을 말아야지.
파울리누스, 생각하면 할수록 잔인한 내 결심이
더 흔들리니까. 아, 신이시여!
그녀에게 이 엄청난 소식을 통보해야 한다니요!
자, 한 번 더 용기를 내자. 더 이상은 생각하면 안 된다.

나는 내 의무를 알지. 이제 그 의무를 따를 차례다.
그 후에도 내가 살아갈 수 있을지는 생각지 않겠다.

제3장

티투스, 파울리누스, 루틸루스

루틸루스 폐하, 베레니케 여왕님께서 드릴 말씀이 있으시답니다.

티투스 아! 파울리누스.

파울리누스 아니! 벌써 물러서려 하시다니요!

폐하, 당신의 고귀한 계획들을 기억하십시오.

지금이 바로 그 순간입니다.

티투스 알겠네. 그녀를 만나 보자. 여왕을 뫼시게.

제4장

베레니케, 티투스, 파울리누스, 포이니케

베레니케 혹여 저의 경솔한 열정이 폐하 혼자만의 시간을
방해했다 해도 노여워 마세요.
제 주위의 궁정 신하들은,
당신이 제게 한껏 베풀어 주신 은혜로 떠들썩한데,
폐하, 지금 이 순간 오직 저 혼자만 아무 말도 없이,
감사 인사도 없이, 이렇게 가만히 있어도 되는지요?
그런데 폐하, (파울리누스는 충직하고 우리의 은밀한
마음의 모든 비밀을 알고 있으니 드리는 말씀인데요)
당신의 복상 기간도 끝났고, 이제 당신의 행보에 걸림돌도
없습니다.
독자적으로 행동하실 수 있는데도 저를 찾지 않으시네요.
당신이 제게 새 왕관을 선사하신다고 들었어요.
하지만 당신께 직접 들을 수가 없군요. 아! 폐하,
저는 거창한 소문보다는 마음의 평온을 더 원합니다. 당신

의 사랑은 오직 원로원에만 표출될 수 있는 건가요?
아! 티투스! 사랑이란 결국 모든 구속을 던져 버리는 게
아닌지요. 존경심과 두려움이 뒤따르는
이 모든 칭호들로부터 벗어나는 거요.
도대체 무엇이 염려되어 당신의 사랑을 구속하는지요?
그 사랑이 제게 줄 수 있는 것이 오직
통치할 국가들뿐인가요? 언제부터 당신은
권세가 저를 감동시키리라고 믿게 되셨나요?
사랑의 한숨, 당신의 눈빛, 당신의 한마디 말,
그것만이 제가 갈망하는 것이랍니다.
좀 더 자주 저를 바라봐 주세요.
그 외의 다른 것은 제게 필요치 않아요.
당신의 모든 시간은 이 제국에 바쳐진 건가요?
폐하의 마음은 일주일이 지난 후에도 제게 하실 말씀이
없는 건가요?
한마디 말이면 겁먹은 제 마음을 안심시킬 수 있으련만!
조금 전 제가 불쑥 나타났을 때, 제 이야기를 하고 계시지
않으셨나요? 그 은밀한 대화에 제가 있었죠, 폐하?
그래도 제 생각을 조금 하시기는 하는 건가요?

티투스 추호도 의심치 마시오, 마마.
베레니케는 항상 나와 함께 있소. 당신께 맹세하건데,

당신의 부재도, 흐르는 시간도,
당신을 사랑하는 이 마음을 빼앗아 갈 수는 없소.

베레니케 그런데 어떻게 이러실 수가요? 저를 변함없이 열정적으로 사랑한다 맹세하시면서, 이리도 냉담하시다니요?
무슨 연유로 신의 위력까지 증인으로 내세우시는지요?
제 의심을 잠재우기 위해 그런 맹세가 꼭 필요한가요?
폐하, 제 마음은 단 한번도 폐하를 의심한 적이 없어요.
당신의 짧은 한숨만으로도 당신을 믿을 거예요.

티투스 마마…

베레니케 아니, 무슨 일이세요? 폐하, 아무 대답도 없이
시선을 돌리시네요. 괴로워하시는군요!
단지 안절부절 당황한 얼굴만을 제게 보여 주시렵니까?
아직도 선친의 죽음이 당신의 머릿속을 꽉 채우고
있는 건가요? 그 무엇도 당신을 괴롭히는 근심을
가라앉힐 수 없는 건가요?

티투스 아아, 아버님이 아직도 살아 계신다면 좋으련만!
그때가 참 행복했는데!

베레니케 폐하, 그 모두 효심이 지극하신 폐하께는
당연한 아쉬움입니다. 하지만 당신은 충분한 눈물로
돌아가신 선친을 명예롭게 기리셨어요.
이제 폐하는 로마제국과 폐하의 명예를 위해,

또 다른 관심을 기울이지 않으면 안 됩니다.
제 자신을 위해서는 감히 말씀드릴 수 없어요.
예전에 베레니케는 당신을 위로할 수 있었지요.
당신은 기꺼이 제 말에 귀를 기울이셨지요.
당신을 위해 그 어떤 고초를 겪어도, 당신의 말씀 한마디에
제가 쏟은 눈물을 날려 보낸 적이 그 몇 번인지!
아버님을 그리워하시는군요. 아아, 얼마나 나약한 고통인지요! 그런데 저는요, (생각만 해도 아직도 끔찍한데요)
사람들이 제가 사랑하는 모든 것들에게서
저를 떼어 놓으려 했어요. 당신도 잘 아시잖아요.
당신이 잠시라도 제 곁을 떠나시면,
제 고통과 불안이 얼마나 큰지를요. 저는요,
누군가가 당신께 가는 저를 막아선다면 목숨을 끊을 거예요.

티투스 대체 무슨 말씀을 하러 오신 거요? 왜 하필 이 순간에?
마마, 아아! 아! 제발, 그만하시오.
당신의 넘치는 호의가 이 배신자에게는 너무도 과분하오.

베레니케 배신자라뇨, 폐하! 폐하께서요?
그렇다면 제 호의가 당신을 지치게 했나요?

티투스 아니요, 마마. 절대 그렇지 않소.
당신에게 말하지 않을 수 없구려.
내 심장은 지금 더욱더 뜨겁게 타오르고 있다오. 하지만…

베레니케 계속하세요.

티투스 아아!

베레니케 말씀하세요.

티투스 로마는… 이 제국은…

베레니케 예, 그래서요?

티투스 가자. 파울리누스, 그녀에게 더는 아무 말도 못하겠구나.

제5장
베레니케, 포이니케

베레니케 이럴 수가! 아무 말씀도 없이 이리 급히 떠나시다니?
세상에! 포이니케, 너무도 불길한 대화인 게야!
내가 뭘 했길래?
그분은 뭘 원하시는 걸까? 그 침묵은 무엇을 의미하는 걸까?

포이니케 저도 마마처럼 생각하면 할수록 뭐가 뭔지 모르겠어요.
본의 아니게 그분의 심기를 거스른 일이 없었나요?
잘 생각해 보세요.

베레니케 아아! 그건 날 믿어도 돼.
그분을 만난 때부터 비참한 오늘에 이르기까지,
과거의 추억을 떠올리려 하면 할수록, 너무 사랑해서
비난받을 수도 있음을 더 잘 알게 될 뿐이구나. 하지만
넌 우리의 말을 듣고 있었지. 아무것도 숨겨서는 안 돼.
말해 봐. 그분을 불쾌하게 할 만한 말을 했나?
내가 뭘 놓치고 있는 거지? 어쩌면 내가

너무도 격렬한 열정에 사로잡혀 그분이 준 선물들을
과소평가하고 그분의 고통을 비난했는지 모르겠구나.
그분은 로마의 증오를 두려워하는 것이 아닐까?
어쩌면 그분은 여왕과의 결혼을 두려워하는지도 몰라.
아아! 만일 그게 사실이라면… 아니야, 그럴 리 없어.
그분은 수없이 로마의 가혹한 법에 맞서 내 사랑을 견고히
지켜 주셨어.
아! 그분이 이 잔인한 침묵의 이유를 설명해 주신다면
이 같은 불안 속에서 숨을 쉬지 않을 텐데.
포이니케, 그분이 나를 소홀히 한다거나,
내가 그분을 욕되게 할 수 있다는 것을 상상이나 할 수 있
겠어? 과거를 돌이켜 보자. 곰곰이 생각해 보니
이 혼란의 원인을 어렴풋이나마 알 것 같아.
포이니케, 그분은 분명 지난 일들을 다 알고 계실 거야.
아마도 안티오쿠스가 나를 사랑했다는 사실 때문에 화가
나신 것 같아.
그분이 콤마게네의 왕을 기다리고 있다는 말을 들었다.
이 고통의 원인을 결코 다른 데서 찾지 말자.
조금 전 나를 당황하게 했던 그분의 언짢은 기분은
분명 쉽게 사그라질 의심일 뿐이야.
사소한 의심을 떨쳐 냈노라고 폐하께 자랑하지 않겠어요.

티투스여, 아! 당신의 영광에 상처를 내지 않고서
보다 강력한 경쟁자가 나의 정절을 시험하고자
당신보다 더 많은 제국을 내 발밑에 둘 수 있었더라면,
내 사랑을 얻기 위해 수많은 왕관으로 보상해 줄 수 있었더라면 좋았으련만. 당신의 사랑이 줄 것이라고는
오직 당신의 영혼뿐이었다면 좋았을 것을.
그렇다면, 소중한 티투스여, 사랑받는 자, 승리자로서,
당신의 마음이 내 눈에 얼마나 큰 가치가 있는지 알게 될 텐데.
어서 가자. 포이니케, 단 한마디만으로 그분을 기쁘게 해 드릴 수 있을 거야. 안심하자.
내 마음은 여전히 그분을 매혹시킬 수 있을 거야.
내 자신을 너무 성급하게 불행한 자들의 대열에 끼워 넣었어.
티투스가 질투하고 있다면 그분은 사랑에 빠지신 거야.

제3막

제1장

티투스, 안티오쿠스, 아르사케스

티투스 아니! 전하, 떠나신다고요?
무슨 갑작스런 이유로 떠나신단 말씀인지,
도망이라도 치시는 겁니까?
작별인사까지도 내게 비밀로 하고 싶으신 거요?
마치 적처럼 이곳을 떠나신다는 말이오?
나는 물론, 궁정이, 로마가, 제국이 뭐라 하겠소?
그대의 친구인 내가 아무 말도 할 수 없는 거요?
내가 뭘 잘못했소? 내가 그대를 특별히 모시지 않고
다른 왕들의 무리 속에 뒤섞이게 했던가요?
내 마음은 선친에게만큼이나 그대에게도 열려 있었소.
그것만이 내가 그대에게 유일하게 해 줄 수 있는 보상이었소. 그런데
내 마음과 더불어 내 손도 표현할 수 있게 된 이때에,
그대는 준비된 내 호의를 피해 달아나겠다는 거요?

그대 생각에는 내가 과거의 행운을 잊고,
단지 혼자만의 권세에 취해 있는 것 같소?
좀 뜸했다고 해서 내가 모든 친구들을 낯선 이들처럼 여기고 더 이상 필요로 하지 않는다고 생각하시오?
그대마저 내게서 멀어지려 하는데
전하, 그 어느 때보다도 내겐 당신이 필요하오.

안티오쿠스 제가요, 폐하?

티투스 그렇소.

안티오쿠스 아아! 이 불행한 왕에게서, 폐하, 축하인사 말고
다른 무엇을 기대하실 수 있겠습니까?

티투스 전하, 나는 잊지 않고 있소. 내 승리의 절반의 영광은
그대의 무훈 덕택이었음을요. 로마는 안티오쿠스의 검에 패배한 수많은 포로들을 목격했고,
그대가 손수 빼앗아 온 유대인들의 전리품이
주피터의 신전에 놓인 것도 기억하오.
난 이제 그대에게서 더 이상
그러한 피비린내 나는 무공을 바라지 않는다오.
단지 전하의 목소리만을 빌리고 싶을 뿐이오.
난 그대의 보살핌을 받는 베레니케가 당신을 진정한
친구로 여기고 있는 것을 알고 있소.
로마에서 그녀가 만나고 신뢰하는 이는 그대뿐이오.

그대는 우리들과 한마음, 한 영혼입니다.
그토록 한결같은 아름다운 우정의 이름으로
그대가 그녀에게 지닌 영향력을 발휘해 주시오.
나 대신 그녀를 만나 주시오.

안티오쿠스 저더러 그녀의 눈앞에 나타나라고요?
여왕님은 저의 영원한 작별인사를 받으셨어요.

티투스 전하, 나를 위해 당신이 꼭 그녀에게 말해 주셔야만 하오.

안티오쿠스 아! 폐하, 직접 말씀하십시오. 여왕께서는 폐하를
사랑하십니다. 폐하께서는 무슨 이유로 지금 이 순간,
그토록 매혹적인 고백을 하는 기쁨을 포기하려 하십니까?
폐하, 그녀는 초조하게 당신의 고백을 기다리고 있습니다.
저는 떠나지만 폐하를 향한 여왕님의 사랑을 보증합니다.
제게 이렇게까지 말씀하셨습니다.
폐하께서 결혼 채비를 마치시고 여왕님께 마음의 준비를
시키시려 당신을 보러 오실 일만 남았다고요.

티투스 아! 그토록 감미로운 고백을 할 수만 있으면 얼마나 행복
하겠소! 그것이 내가 할 일이라면 얼마나 좋겠소!
오늘 내 열정은 터질 것만 같은데 바로 오늘,
전하, 난 그녀를 떠나야만 하오.

안티오쿠스 그녀를 떠나신다니요! 폐하, 당신께서요?

티투스 그게 내 운명이오. 그녀를 위해서나 나를 위해서나

결혼은 안 된다오.
난 너무도 부질없이 달콤한 희망에 들떠 있었소.
전하, 내일이면 여왕님은 당신과 함께 떠나야만 하오.

안티오쿠스 대체 무슨 말씀을 하시는 겁니까? 오, 하늘이시여!

티투스 아무짝에도 쓸모없는 내 권위를 동정해 주시오.
전 세계의 군주로서, 내 운명은 내가 결정하오.
나는 왕을 즉위시킬 수도 폐위시킬 수도 있지만,
내 마음만은 어떻게 안 되는구려.
로마는, 예부터 언제나 왕에 맞서 저항하며,
왕가에서 자란 미인을 경멸한다오.
그녀가 지닌 찬란한 왕관의 광채와 수많은 선왕들을
조상으로 두고 있다는 점이, 내 열정을 의심케 하고
다른 모든 이들의 눈에 가시를 돋게 하는구려.
다른 경우라면 불평불만을 두려워하지 않고 난 자유롭게
출신이 낮은 여인과도 마음껏 사랑을 불태울 수 있을 것이오. 그리고 로마도 기꺼이 받아들일 거요.
정체불명의 보잘것없는 여인이라 해도 말이오.
율리우스 카이사르 역시도 굴복하고 말았소.
백성들이 내일 여왕이 떠나는 것을 못 보게 된다면,
그녀는 격분한 군중들의 외침을 듣게 될 거요.
그녀의 면전에서 그녀의 추방을 요청하는 그 함성을요.

치욕으로부터 나의 이름과 그녀의 추억을 지켜 냅시다.
이왕 양보해야만 한다면, 우리의 영예에 양보합시다.
한 주 전부터 벙어리가 된 내 입과 시선은, 그녀에게
이 비통한 이야기를 각오하게 했을 것이오.
지금 이 순간도 안절부절 불안해하면서, 그녀는 내가
그녀를 만나서 내 심중을 설명해 주길 바라고 있소.
사랑하나 사랑할 수 없는 나의 고통을 덜어 주시오.
그 말을 내 입으로 말하지 않도록 도와주시오.
가셔서 그녀에게 내 혼란과 침묵에 대해 설명해 주시오.
제발, 나를 보러 오지 않도록 해 주시오.
그녀와 내 눈물의 유일한 증인이 되어 주시오.
그녀에게 내 작별인사를 전해 주시고,
내게 그녀의 작별인사도 받아다 주시오.
우리 두 사람 비참한 광경을 피하도록 해 주시오.
그렇지 않으면 그나마 남아 있는 의연함을 잃게 될지도
모르오. 내 마음속에서 통치하고 살고자 하는 희망이,
그 불행의 가혹함을 완화할 수 있다면 좋으련만. 아! 전하,
그녀에게 잘 전해 주시오. 변함없이 진실한 나는
궁정에서 탄식하면서, 그녀보다 더 유배된 자로서,
무덤에까지 그녀의 연인이라는 이름을 가져갈 것이라오.
내 통치 기간은 단지 길고 긴 유배 기간이 될 뿐일 것이라오.

설령 하늘이 내게서 그녀를 빼앗아간 것으로 만족하지 않고,
긴 수명으로 나를 고문한다면 말이오.
오로지 우정으로 그녀의 발걸음을 따르는 그대,
전하, 불행 속에 그녀를 방치하지 말아 주시오.
부디 그녀의 뒤를 따라서
동양이 당신과 그녀의 도착을 보게 해 주시오.
그리하여 그것이 도피가 아닌 승리가 되게 해 주시오.
이리도 아름다운 우정이 영원히 이어지도록 해 주시오.
당신들의 대화 속에 언제나 내 이름이 함께하도록 해 주시오. 당신 두 분의 왕국이 더 가까워지도록 유프라테스강이 그녀의 왕국과 당신 왕국의 경계를 이루도록 하겠소.
당신의 이름으로 가득 찬 원로원은
만장일치로 이런 나의 하사를 비준할 것이라 생각하오.
시칠리아를 당신의 콤마게네 왕국에 합병시키겠소.
안녕히 가시오.
나의 공주, 나의 여왕 그녀의 곁을 떠나지 말아 주시오.
그것만이 내 마음의 유일한 바람이자
내가 숨을 거둘 때까지 갈망하는 전부라오.

제2장
안티오쿠스, 아르사케스

아르사케스 이렇게 하늘이 전하 편을 들어 주시는군요.
떠나시지만, 전하, 베레니케 여왕님과 함께 가시게
되는군요. 여왕님을 빼앗아 가는 게 아니라,
전하께 그분을 인도하려고 하시는군요.

안티오쿠스 아르사케스, 숨 돌릴 틈 좀 주게나.
엄청난 변화로다. 내 놀라움이 극에 달했도다.
티투스 님이 사랑하시는 전부를 내 수중에 맡기시다니!
위대한 신이시여! 조금 전 들은 말을 믿어야만 할까요?
설령 그 말을 믿는다 해도, 과연 그걸 기뻐해야 할까요?

아르사케스 저는요, 전하, 그럼 무엇을 믿어야만 하는 겁니까?
또 어떤 장애물이 전하의 기쁨을 가로막는 겁니까?
지금 막 이곳을 나오면서 제게 하신 말씀은 거짓이었습니까?
전하께서는 여왕님과의 마지막 작별인사로 감정이 복받쳐
서, 그분께 감히 전하의 마음을 밝혔다고 두려워 떨면서도,

진정 새로운 결단을 말씀하셨잖습니까?
전하는 전하를 두렵게 하는 결혼을 피해 달아나려 하셨지요.
그 결혼이 취소되었습니다. 그런데 무슨 걱정이 전하를
혼란에 빠뜨리는 겁니까?
사랑이 이끄는 대로 감미로운 열정을 따르십시오.

안티오쿠스 아르사케스, 난 그녀를 모셔다 드릴 책임을 지게
되었네. 그녀를 보면서
오래도록 그녀와 대화하는 소중한 즐거움을 누릴 수 있겠지.
아마도 그녀의 두 눈이 내 눈길에 익숙해질 수도 있겠지.
그리고 어쩌면 그녀의 마음도, 티투스의 냉담함과
나의 한결같은 신의를 구별하게 될 수도 있겠지.
이곳에서는 티투스의 위대함이 나를 짓누른다.
로마에서는 모든 것이 그의 광채 앞에 사그라져 버리지.
하지만, 설령 동양이 그에 대한 기억으로 가득 차 있다 해도
거기서는 베레니케가 내 영광의 흔적들을 보게 될 거야.

아르사케스 맞습니다. 모든 게 전하 뜻대로 이루어질 것입니다.

안티오쿠스 아! 얼마나 우리 둘 다 착각 속에 빠져 있는지!

아르사케스 착각이라니, 무슨 이유지요?

안티오쿠스 왜 아닌가! 내가 그녀의 마음에 들 수 있겠는가?
베레니케가 더 이상 내 소망에 저항하지 않겠는가?
베레니케가 내 고통을 달래 줄 한마디 말이라도 해 주겠는

가? 그대는 불행 속에 빠져 있는 그녀가,
아무도 그녀의 매력에 아랑곳하지 않는 이 세상에서,
은혜를 모르는 그녀가 자신을 위해 흘리는 내 눈물을 허락할 것이라 생각하는가?
아니면 그녀가 내 정성을 받아들일 만큼
자신을 낮출 것이라고 생각하는가.
그 모두가 내 사랑 때문일 거라 믿고서?

아르사케스 어느 누가 전하보다 여왕님의 실총을 더 잘 위로할 수 있겠습니까? 전하,
그분의 운명은 이제 또 다른 국면으로 접어들 것입니다.
티투스 님이 그녀를 떠납니다.

안티오쿠스 아아! 이 엄청난 변화 앞에서도
내겐 그저, 그녀의 눈물을 보면서 그녀가 티투스를 얼마나 극진히 사랑하는지 확인하는 새로운 고통만 돌아올 뿐이구나.
신음하는 그녀를 보고 내 자신 그녀를 동정하게 될 것이다.
그토록 깊은 사랑의 보답으로, 나는 나 아닌 사람을 위해
흘리는 그녀의 눈물을 닦아 주는
비참한 역할을 맡게 되겠지.

아르사케스 세상에! 끊임없이 자학만 하시겠습니까?
대단한 그 사랑 안에는 과연 어떤 약점도 없을까요?
눈을 뜨십시오. 전하, 그리고 한번 생각해 보십시다.

베레니케 님이 당신의 사랑일 수밖에 없는 수많은 이유들을 말입니다. 오늘, 티투스 님이 더 이상 그분을 사랑하지 않으니, 그분에겐 전하와의 결혼이 불가피함을 상기하십시오.

안티오쿠스 불가피하다고!

아르사케스 여왕님의 눈물에 며칠만 시간을 허락해 주십시오.

처음엔 피눈물을 흘리시겠지만 모르는 체하십시오.

모든 것이 전하를 위해 말할 것입니다.

원한, 복수심, 티투스 님의 부재, 흘러가는 시간,

전하의 현존, 여왕님 혼자서는 세 개의 왕국을 지탱할 수 없습니다.

전하와 여왕님의 이웃한 두 왕국은 연합을 추구합니다.

이권, 이성, 우정, 이 모든 것이 두 분을 결합시킵니다.

안티오쿠스 그래, 숨통이 좀 트이네.

아르사케스, 자네가 내게 삶을 되찾아 주는군.

기꺼이 그토록 달콤한 전조를 받아들이겠네.

주저할 게 없잖은가? 모두가 기대하는 일을 하세.

베레니케 처소로 가 보세. 그리고 명령대로,

가서 티투스가 그녀를 포기한다고 말해 주세.

아니야, 차라리 가만히 있자. 내가 뭘 어쩌겠는가?

내가 왜, 아르사케스,

왜 내게 이런 잔인한 임무를 수행하라는 거지?

미덕이든, 사랑이든, 내 마음은 어쨌든 겁에 질려 있구나.
사랑스런 베레니케가 내 입을 통해 버림받았다는
말을 듣게 된다니! 아, 여왕이여! 누가 감히 상상이나
했겠소. 그런 말이 당신에게 전해질 것이라고?

아르사케스 증오가 온통 티투스에게 떨어질 것입니다.
전하, 당신은 단지 그의 간청에 따르는 것뿐입니다.

안티오쿠스 아니야, 그녀를 만나지 말자. 그녀의 고통을 존중하자. 내가 아니라도 다른 이들이 그녀의 불행을 말해 주러 올 것이다. 자네는 그녀가 불쌍하다고 생각하지 않는가.
티투스가 그녀에게 얼마나 큰 모욕을 주었는지 알게 될 텐데 말이야. 그녀가 또 한번 치명적인 비애를 느끼지 않도록 하자.
그 모욕을 티투스의 연적인 나를 통해 알게 된다면 얼마나 괴롭겠는가? 한 번 더, 피하자.
그리고 이런 일로 영원한 증오를 떠안지 말자.

아르사케스 아! 여왕님이 오십니다. 전하, 마음을 정하십시오.

안티오쿠스 오, 이런!

제3장

베레니케, 안티오쿠스, 아르사케스, 포이니케

베레니케 아니, 전하! 아직 안 떠나셨나요?

안티오쿠스 마마, 실망하시는군요. 당신이 찾고 있던 분은 황제시라는 거 잘 알고 있소.
하지만 작별인사를 드리고도 아직 여기 남아 있는 제가 거슬린다면, 오직 황제를 책망하셔야 하오.
아마 지금쯤 나는 오스티아에 가 있었을 것이오. 그분이 나를 이 궁정에서 못 나가게 하지만 않으셨다면 말이오.

베레니케 그분은 오직 전하만을 찾으신답니다.
우리 모두를 피하시면서요.

안티오쿠스 그분이 나를 붙든 건 오직 당신에 대한 이야기를 하기 위해서라오.

베레니케 저에 대해서라고요, 전하!

안티오쿠스 그렇소, 마마.

베레니케 그분이 당신께 무슨 말씀을 하셨나요?

안티오쿠스 거기에 대해서는 나보다도 마마께 더 잘 알려 드릴 수 있는 사람이 많을 것이오.

베레니케 전하, 대체 무슨…

안티오쿠스 분노는 잠시 미뤄 두시오.

다른 사람들 같으면 이 순간 침묵을 지키기는커녕, 아마도
의기양양해 할 것이오. 그리고 확신에 차서
마마의 초조함에 기꺼이 말문을 열었을 거요.
하지만 나는 항상 불안에 떨며, 마마도 잘 아시듯,
나는요, 당신의 평온이 나의 평온보다 더 소중한 나는요,
그 평온을 깨뜨리느니
차라리 당신을 화나게 하는 쪽을 택하겠소.
당신의 분노보다는 당신이 느낄 고통이 더 두렵소.
오늘이 가기 전에 당신은 내가 옳았다는 것을 알게 될 거요.
안녕히 계시오, 마마.

베레니케 오, 이럴 수가! 도대체 무슨 말씀인지요! 멈추세요, 전하,
당신께 더는 저의 혼란스러움을 숨길 수 없군요.
당신은 넋이 나간 여왕을 보고 계십니다.
죽음을 가슴에 품고 있는 그녀가 당신께 몇 마디 여쭙니다.
당신은 제 평온을 깨뜨릴까 두렵다고 하셨죠.
그런데 당신의 매정한 거절은 제 고뇌를 덜어 주기는커녕,
고통, 분노, 증오를 부추깁니다.

전하, 제 평온이 당신에게 그리도 소중하다면,

제가 당신에게 소중한 존재였다면, 제 마음을 아시는 전하께서 이 혼란을 해명해 주세요.

티투스 님이 당신에게 뭐라고 하셨나요?

안티오쿠스 신의 이름으로 맹세코, 마마…

베레니케 아니! 제 부탁을 거역하는 것이

조금도 두렵지 않으신가요?

안티오쿠스 내가 말을 하게 되면 당신의 분노를 불러일으킬 뿐이오.

베레니케 저는 전하의 말씀을 듣길 원해요.

안티오쿠스 신들이시여! 이토록 잔인할 수가! 마마,

다시 말씀드리지만 당신은 나의 침묵을 치하할 것이오.

베레니케 전하, 지금부터 제가 원하는 대로 해 주세요.

그렇지 않으면 당신을 영원히 증오할 거예요.

안티오쿠스 마마, 그렇게까지 말하시니, 더 이상 침묵할 수가

없구려. 좋소. 당신이 원하니, 그리하겠소.

하지만 전혀 좋아하실 건 없소. 나는 이제 마마께

아마도 상상도 못해 보셨을 불행을 통고하게 될 것이오.

난 마마의 마음을 알고 있소.

마음의 준비를 단단히 하셔야 하오. 내가 당신 마음의

가장 민감한 부분을 두드리게 될 테니까요.

티투스 님이 제게 명하시길…

베레니케 어떤 명령을?

안티오쿠스 이제 당신 두 분은 영원히 헤어져야만 한다고 당신께 전하라 명하셨소.

베레니케 우리가 헤어져야 한다고요? 누가요? 제가요?
베레니케와 티투스가!

안티오쿠스 난 당신 면전에서 그분이 옳다고 말해야만 하오.
나는 다정하고 너그러운 마음속에 사랑의 좌절이 불러오는
온갖 끔찍한 것들을 그분의 마음속에서 보았소.
그분은 울고 계시오. 그분은 당신을 사랑하오. 하지만
당신을 여전히 사랑한다 한들 결국 무슨 소용이 있겠소.
로마제국은 여왕을 의심하고 있소.
두 분은 헤어져야 합니다. 당신은 내일 떠나게 됩니다.

베레니케 우리가 헤어지다니! 아아, 포이니케!

포이니케 어찌 이럴 수가요, 마마? 지금은 마마의 고귀한 영혼을 보여 주셔야 해요.
물론 가혹한 일이지요. 당연히 놀라셨겠지요.

베레니케 그토록 많은 맹세를 해 놓고, 티투스가 나를 버리다니!
내게 맹세했던 티투스가… 아니야, 그 말을 믿을 수 없어.
그는 절대 나를 떠나지 않아. 그건 그분의 명예에 관계되는 문제야.

사람들이 내게 그분의 순수함을 의심하게 하려는 걸 거야.
이건 우리를 갈라놓으려고 파놓은 함정일 뿐이야.
티투스는 나를 사랑해. 티투스는 절대로 내가 죽는 것을 원치 않아. 그분을 뵈러 가요.
지금 당장 그분에게 가서 확인하고 싶어요. 가시지요.

안티오쿠스 뭐라고요? 나를 어떻게 보고 그런…

베레니케 저를 설득하려는 것은 부질없는 일이에요.
아니요, 당신을 조금도 믿지 않겠어요.
혹 당신이 한 말씀이 사실이라 해도, 절대 다시는 제 눈앞에 나타나지 말아 주세요.
(포이니케에게)
지금 내가 처한 상황 속에 나를 버리지 말아다오.
아아! 나 스스로 착각하기 위해 내가 할 수 있는 일을 해야겠구나.

제4장

안티오쿠스, 아르사케스

안티오쿠스 내가 착각하는 건 아니지? 내가 제대로 들은 거지?

나더러 그녀의 눈에 띄지 않게 조심하라고?

절대 그럴 일 없을 거야.

티투스가 억지로 붙잡지 않았더라면 벌써 떠났을 내가 아니던가? 떠나야 한다. 계획대로 하자. 아르사케스.

그녀는 내게 고통을 안겼다고 믿겠지.

하지만 그녀의 증오가 내겐 오히려 은총이 되었다.

자네는 때때로 불안하고 넋이 나간 듯한 나를 보곤 했었지.

사랑에 빠져, 질투하고, 절망 속에서 떠나려 했었지.

그런데 이제, 아르사케스, 이런 모욕을 받고 나니,

덤덤하게 떠나게 될 것 같네.

아르사케스 그 어느 때보다도 지금은, 전하, 떠나시면 안 됩니다.

안티오쿠스 스스로 멸시당하기 위해 나더러 머무르라고?

티투스의 냉담함이 내 책임이란 말인가?

그분이 지은 죄 때문에 내가 벌을 받아야 한단 말인가?
그녀가 얼마나 부당하게, 또 얼마나 치욕적으로,
면전에서 나의 진정성을 의심했던가!
그녀는 말했지. 티투스는 자기를 사랑한다고,
그런데 내가 거짓말했다고. 배은망덕한 여인!
나를 거짓말쟁이라고 비난하다니! 도대체 언제까지 이러고 있어야 하나?
결정적인 순간에 그녀 눈앞에 내 연적의 눈물을 보여 주고,
그녀를 위로해 주라고 그분을 오시게 하여 실제보다
더 크게 그분의 사랑과 진심을 드러내 주었네.

아르사케스 전하, 무슨 걱정으로 그리도 혼란스러워 하십니까?
이 급류에 시간이 흘러가게 맡기십시오. 일주일, 한 달, 그 얼마든 중요치 않습니다.
지나갈 것입니다. 단지 머무르시기만 하면 됩니다.

안티오쿠스 아니, 난 그녀를 떠나겠네, 아르사케스.
그녀가 괴로워하면 나도 고통스럽다네.
내 영예, 내 평온, 모든 것이 나에게 떠나라고 부추기네.
가세. 매정한 여인을 피해서 아주 멀리 떠나세.
아르사케스, 오래오래 그녀 소식을 듣지 않게 말이야.
그런데 아직 시간이 충분하군.
자네가 돌아올 때까지 궁에서 기다리겠네.

가서 고통이 너무 심하게 그녀를 사로잡지 않았는지 알아 보게. 서두르게. 적어도 그녀가 살아 있는지는 확인하고 떠나세.

제4막

제1장
베레니케

베레니케 포이니케가 왜 안 오는 거야?
너무도 가혹한 순간들,
다급한 내 소망에 어찌 이리도 더디단 말인가!
서성대고 뛰다가, 지쳐서 쓰러질 듯하구나.
힘은 다 빠져 나가고, 적막감이 나를 죽일 것 같구나.
포이니케는 왜 안 오는 거지?
아! 길고 긴 불길한 예감이 내 마음을 공포로 몰아넣는구나! 포이니케는 내게 가져올 회답을 얻지 못할 거야.
티투스, 그 배신자 티투스는 내 말을 전혀 들으려 하지 않았겠지. 도망친 거야. 내 정당한 분노를 피해서 숨어 버린 게지.

제2장

베레니케, 포이니케

베레니케 포이니케, 드디어 왔구나!

그래, 황제를 뵈었느냐? 뭐라고 말씀하시더냐? 오신다더냐?

포이니케 예, 황제를 뵈었어요. 마마,

황제께 마마의 심적 고통을 말씀드렸어요.

저는 그분이 애써 참았던 눈물을 흘리시는 것을 보았어요.

베레니케 오신다더냐?

포이니케 틀림없어요. 마마, 곧 오실 거예요. 그런데

당신은 이렇게 흐트러진 모습을 보여 드리길 원하시나요?

매무새를 가다듬으셔야지요, 마마.

본래의 모습을 찾으셔야지요. 제가 마마의 흐트러진 베일,

눈을 덮고 있는 헝클어진 머리칼을 손질하도록 해 주세요.

눈물로 범벅이 된 마마의 얼굴을 닦아 드리게 해 주세요.

베레니케 됐어, 내버려 둬. 포이니케, 황제께서 자신이 한 일을

보셔야지.

아아! 이 거추장스런 장식품들이 내게 무슨 소용이겠느냐?
내 믿음, 내 눈물, 내 탄식, 내가 뭐라 했지, 내 눈물?
내 확실한 파멸, 예정된 내 죽음이
그분을 이곳으로 모셔 오지 못한다면, 말 좀 해 봐.
너의 도움도, 더 이상 그를 감동시키지 못하는
초라한 이 모든 매력도 다 부질없는 거잖아?

포이니케 어찌하여 그분에 대해 이렇게 부당한 비난을 하시나요?
무슨 소리가 들려요. 황제께서 오고 계시네요.
이쪽으로 오세요. 사람들을 피해서, 어서 들어가시지요.
마마의 처소에서 황제폐하와 말씀 나누세요.

제3장

티투스, 파울리누스, 시종

티투스 파울리누스, 여왕님의 초조함을 진정시켜 드리게.
내가 곧 그녀를 만날 것이네. 잠시 혼자 있고 싶네.
모두들 물러가라 하게.

파울리누스 오, 하늘이시여! 내가 이 전투를 두려워하다니!
위대한 신들이시여,
그분의 영예와 제국의 명예를 지켜 주소서!
여왕님이 오십니다.

제4장

티투스

티투스 자! 티투스, 그대는 무엇을 하러 온 건가?

베레니케가 기다리고 있다.

무모한 자여, 대체 어딜 찾아 온 건가?

작별인사는 준비되었나? 진정 깊이 생각해 보았는가?

그대의 마음이 그대에게 충분한 잔인함을 약속한 건가?

마침내 그대에게 예정된 전투에 이르게 되고 만 이상,

계획대로 밀고 나간다는 것만으로는 충분치 않다.

야만인이 되어야 한다.

지치고 부드러운 눈빛으로, 내 마음의 행로를 아주

정확하게 찾아낼 줄 아는, 그 두 눈을 과연 내가 마주할 수

있을까?

온갖 매력으로 무장한 채 내 눈에 고정시킨 그 두 눈이

나를 눈물로 짓누를 때에도,

나의 서글픈 의무를 기억해 낼 수 있을까?

"나는 더 이상 당신을 보고 싶지 않소."라고 말할 수 있을까?
나를 너무도 사모하는, 나를 사랑하는 이의 심장에 비수를
꽂기 위해 내가 온 거야.
그런데 왜 그 심장에 구멍을 내야 하지? 누구의 명령이지?
바로 나 자신 아닌가.
로마가 마침내 원하는 바를 밝혔기 때문인가?
왕궁 주위에서 들려오는 그들의 함성 때문인가?
제국이 벼랑 끝에 기운 것을 보기라도 한 것인가?
이런 희생이 아니고서는 제국을 지킬 방법이 없단 말인가?
모두가 침묵하고 있다.
그런데 오직 나 혼자만이, 지레 당황하여
미룰 수도 있는 불행을 앞당기고 있구나.
여왕의 미덕에 감동한 로마가 그녀를 로마 여인으로 인정
할지 누가 알겠는가? 로마는 그녀를 선택함으로써
나의 선택을 정당화할지도 몰라.
아니, 아니, 한번 더 해 보자. 서두르지 말자.
로마가 그토록 많은 우리의 눈물과 사랑, 인내를
그 법의 천칭 저울에 달아 본다면, 우리 편이 될 거야.
티투스, 눈을 뜨게! 그대는 어떤 공기를 마시고 있는 건가?
그대가 있는 이곳은 왕들에 대한 증오를 빨아먹고 자라난
장소, 두려움으로든, 사랑으로든 그 증오심을 지워 버릴 수

없는 곳이 아니던가?
로마는 왕들을 단죄함과 동시에 그대의 여왕도 심판했지.
태어나면서부터 그 목소리를 듣지 않았던가?
그대는 아직도 그대가 군대에까지도 지녀야 할
의무를 일깨우는 그 소리를 듣지 못했는가?
베레니케가 그대를 따라 도착했을 때, 로마가 그 일을 어떻게 평가했는지 듣지 않았는가?
대체 몇 번을 다시 들어야 한단 말인가? 아! 비겁한 자여!
사랑을 하게. 그리고 이 제국은 포기하게나.
세상 끝까지 가게. 숨을 곳으로 달려가게.
통치자의 자리는 보다 더 합당한 이들에게 넘기게.
이런 것이 사람들의 가슴에 나를 영원히 기억시키기 위한
위대함과 영광의 계획들이던가?
일주일 전부터 내가 통치자야. 그런데
오늘에 이르기까지 명예를 위해 한 일이 뭐란 말인가?
사랑을 위해서는 모든 것을 다했건만.
그 시간이 얼마나 귀중한 시간이었는지 알고 있는가?
내가 기다리게 한 그 행복한 날들은 어디에 있는 걸까?
내가 어떤 눈물을 닦아 주었는가?
대체 그 누구의 흡족한 눈길 속에서 내가 벌써 내 자신이
행한 호의의 결실을 맛본 것인지?

세상은 그 운명이 바뀌는 것을 보았을까? 나는 하늘이
내게 허락한 날들이 얼마나 되는지 알고 있는가?
그리도 오래 기다렸는데 이토록 짧을 줄이야.
아! 불행한 자여, 벌써 얼마나 많은 날들을 잃어버렸나!
더는 지체하지 말자. 명예가 요구하는 일을 하자.
그 유일한 인연을 끊어 버리자…

제5장
베레니케, 티투스

베레니케 (밖으로 뛰쳐나오면서) 아니, 날 내버려 둬. 나를 여기에
붙들어 놓으려는 너희의 온갖 충고는 다 부질없는 짓이야.
난 그분을 만나야 해. 아, 폐하! 오셨군요.
세상에, 티투스가 나를 버린다는 게 사실인가요?
우리는 헤어져야 한다면서요. 그 명령을 내린 이가 티투스
당신이고요.[1]

티투스 마마, 불행한 군주를 너무 짓누르지 마시오.
우리 두 사람 다 여기서 너무 감정적이어서는 아니되오.
이 잔인한 혼돈이 내 존재를 뒤흔들고 집어삼키려 하오.
그렇게 고귀한 눈물로 내 가슴을 찢어 놓지 않아도 말이오.
차라리 당신이 수없이 나에게 일깨워 준
그 마음을 기억해 주오.

---

1 베레니케는 이 대사로 결국 헤어져야만 하는 그들의 운명을 요약한다.

내 의무를 외치는 음성에 나를 귀 기울이게 하셨잖소.
지금이 바로 그럴 때요. 당신의 사랑을 침묵시켜 주시오.
영예와 이성이 반짝이는 눈으로,
나의 준엄한 의무를 직시해 주시오.
당신에게 저항할 수 있도록 내 마음을 강하게 해 주시오.
도와주시오. 나약한 내 마음을 물리치도록,
끊임없이 흘러내리는 눈물을 억제하도록 말이오.
우리가 눈물을 억제할 수 없다면, 적어도 영예가
우리의 고통을 견딜 수 있게 합시다.
그리하여 전 세계가 바로 알아보게 합시다.
황제의 눈물과 여왕의 눈물을 말이오.
왜냐하면, 나의 여왕이여, 우린 헤어져야 하기 때문이오.

베레니케 아! 잔인한 사람! 지금이 그렇게 선언할 때인가요?
당신이 어떻게 하셨죠? 아아! 전 사랑받고 있다고 믿었어요.
당신을 만나는 기쁨에 익숙해진 제 마음은
당신만을 위해서 살았어요.
제가 당신께 처음으로 고백했을 때 당신은 당신의 법을 모르셨었나요?
당신이 그 얼마나 넘치는 사랑의 극치로 저를 이끌었던가요! 왜 제게 말씀하지 않으셨나요?
"불행한 여왕이여, 그대는 어디에 매이려는 거요.

어떤 희망을 품는 거요?
받을 수 없는 마음을 절대 주지 마시오."라고.
잔인한 사람, 제 마음을 당신 뜻에 다 맡기기로 했는데
당신 맘대로 번복하려고 그 마음을 받아들였나요?
제국 전체가 수도 없이 우리에게 음모를 꾸몄었지요.
그때가 기회였는데, 어찌하여 저를 떠나지 않으셨나요?
그땐 저의 비참함이 위로 받을 수 있는 수많은 이유가 있었어요. 제가 죽음으로써 당신의 아버지와 백성들,
원로원, 로마제국 전체를 고발할 수 있었지요.
그토록 사랑하는 한 사람을 제외하고 전 우주를 원망할 수 있었지요. 벌써 오래전부터 제게 표명되었던 그들의 증오는,
이미 제게 불행을 각오하게 했어요.
그때였다면 이토록 가혹한 충격을 받지 않았을 텐데요.
폐하, 제가 영원한 행복을 소망하는 이 시간에,
당신의 행복한 사랑이 원하는 모든 것을 다 해 줄 수 있는 이 시점에,
로마가 침묵하고, 당신 아버님이 돌아가신 이 시점에,
전 세계가 당신 앞에 무릎을 꿇게 된 이때,
마침내 제가 두려워할 존재는 오직 당신뿐인데
어떻게 그러실 수가.

티투스 그때 나를 파괴시킬 수 있었던 사람도 내 자신뿐이었소.

난 살 수도 있었고 유혹에 몸을 내맡길 수도 있었소.
내 마음은 앞날을 향해 나가지 않도록 조심하며
언젠가는 우리가 헤어져야 한다는 걸 알려고 하지 않았소.
나는 내가 원하면 안 될 일이 없기를 바랐소.
아무것도 살피지 않고 불가능을 소망하기도 했소.
내가 뭘 알았겠소? 당신의 면전에서 죽기를 소망했소.
이 잔인한 작별인사를 하게 되기 전에 말이오.
장애물들이 되레 내 사랑의 불꽃을 되살아나게 하는 것
같았소. 제국 전체가 수군댔었소.
하지만 마마, 명예의 음성은 내 마음에 전혀 들어오지
않았소. 황제의 심금을 울리는 그런 어조가 아니었소.
난 이 계획이 초래하게 될 모든 고통을 알고 있소.
당신 없이는 더 이상 살 수 없으리라는 것을 느낀다오.
내 심장이 나를 떠날 준비가 되었음을 느끼고 있소.
하지만 이제는 사느냐 죽느냐의 문제가 아니오.
통치해야만 하오.

베레니케 그렇겠지요! 통치하세요. 잔인한 사람,
당신의 명예욕을 채우세요.
더는 말하지 않겠어요. 당신을 믿고 기다려 왔는데,
우리의 모든 순간들을 하나로 이어 줄 사랑에 대한 수많은
맹세를 해 놓고, 이제 와서 같은 입으로

제 눈앞에서 스스로의 불충을 고백하며,
제게 영원히 사라져 줄 것을 명하시다니요.
여기서 직접 폐하의 말씀을 들어 보고 싶었어요.
더 이상 듣지 않겠어요. 영원히 작별을 고합니다.[2]
영원히! 아! 폐하, 이 잔인한 말이 사랑하는 이들에게
얼마나 가혹한지 아시나요?
수많은 바다가 당신과 나를 갈라놓게 되면
폐하, 한 달 후, 일 년 후, 우린 얼마나 고통스러울까요?
티투스가 베레니케를 볼 수 없는데,
베레니케가 티투스를 하루 온종일 만날 수 없는데,
하루가 시작된들, 하루가 끝난들 무슨 상관이 있을까요?
내 잘못이라면 너무도 헛된 정성을 쏟은 거라니!
배신자, 내가 떠난다는 사실에 벌써 안심한 그가
내가 없는 날들을 세어 보기나 할까요?
내겐 그토록 긴 날들이 그에겐 너무도 짧게 느껴지겠지요.

티투스 마마, 난 그리 많은 날들을 헤아릴 필요가 없을 거요.
머지않아 슬픈 소문이 당신이 사랑받았음을 알게 하고 싶소.

---

2 왕관을 머리에 쓴 티투스는 이제 더 이상 예전의 그가 아니다. 셰익스피어의 헨리 4세와 마찬가지로 그는 완전히 다른 사람이 되어 버렸다. 누구보다도 먼저 법을 준수해야 하고 베레니케와의 사랑은 로마제국 앞에서 무릎을 꿇어야 한다. 황제라는 새로운 직함 앞에서 연인 티투스는 완전한 패자가 되었다.

당신은 알게 될 거요.

티투스가 죽지 않고서는 이렇게 할 수 없었다는 것을…

베레니케 아! 폐하, 정녕 그게 사실이라면, 우리가 왜 헤어져야 하나요? 당신에게 행복한 결혼식을 해 달라는 게 아니에요. 로마가 제게 더 이상 당신을 만나지 못하는 형벌을 내린 건가요? 어찌하여 당신은

제게 당신과 같은 공기를 호흡하는 것을 금하시나요?

티투스 아아! 당신은 뭐든지 다 할 수 있소.

마마, 머물러 주시오. 내 나약함을 통감하오.

당신과 전쟁을 해야 하는데 난 당신이 한없이 두렵소.

당신의 매력에 이끌려 늘 당신에게로 향하는 내 발걸음을 억제해야만 할 것이오.

내가 뭐라 하는 건가? 당황한 내 마음은, 의무를 망각하고

당신을 사랑한다는 사실만을 기억하고 있을 뿐이오.

베레니케 그래서요, 폐하, 그래서 대체!

무슨 일이 일어날 수 있다는 건가요?

당신은 로마 시민들이 봉기라도 할 준비가 되어 있다고 생각하시나요?

티투스 이 같은 모욕을 그들이 어떤 눈으로 보게 될지 누가 알겠소? 그들이 입을 연다면, 수군거림이 함성으로 변한다면, 피로써 나의 선택을 정당화해야만 하겠소?

그들이 침묵한다면, 마마, 그들의 법을 내게 팔아 넘긴다면,
당신은 나를 어떤 위험에 처하게 할 건가요?
언젠가는 아첨으로 그들이 참아 준 것에 대한
보상을 해 주어야 하겠지요.
그들이 그때 내게 무엇인들 요구하지 못하겠소?
내 스스로가 지켜내지 못하는 법을 과연 내가
수호할 수 있을까요?

베레니케 당신에게 베레니케의 눈물은 전혀 안중에도 없군요.

티투스 안중에도 없다니요? 아! 하늘이시여! 가당치 않소!

베레니케 뭐라구요? 당신이 바꿀 수 있는 부당한 법 때문에
자청하여 영원한 슬픔 속으로 빠져드시다니요?
로마는 로마의 권리가 있어요. 폐하, 그런데 당신의 권리는
없는 건가요?
로마의 이익이 우리의 그것보다 더 신성한 건가요?
입을 열고 말씀 좀 해 보세요.

티투스 아아! 내 마음을 갈기갈기 찢는구려!

베레니케 당신은 황제십니다.
폐하, 그런데 눈물을 흘리시다니요!

티투스 그렇소. 마마, 나는 울고 있소.
한숨짓고, 떨고 있소. 마침내 내가 제국의 황제를 수락했을 때, 로마는 내게 그의 법을 준수할 것을 맹세하게 했소.

법을 지켜야만 하오.[3] 이미 여러 번,
로마는 나와 같은 사람들의 인내심을 시험한 바 있소.
아! 로마 역사의 탄생 시기로 거슬러 올라가 보면,
당신은 그들이 언제나 그 법에 복종했음을 알게 될 거요.
자신의 맹세에 집착한 나머지 적진에 뛰어들어가
예정된 형벌인 죽음을 맞이한 이도 있었소.[4]
개선한 아들의 목을 치게 한 이도 있었소.[5]
눈물도 없이 거의 냉담한 시선으로, 자신의 명령에 의해
두 아들이 죽음을 당하는 것을 지켜본 경우도 있었소.[6]

---

3 루이 14세 시대에는 국가의 권익과 존립이 최우선의 가치를 지녔다. 당대의 그러한 이데올로기를 라신은 티투스의 목소리를 빌려 대변한다.

4 로마의 장군 레굴루스(BC 267년과 256년에 집정관을 지냄)는 카르타고의 포로로 붙잡혀 있다가 평화조약과 포로 교환 문제를 협상하기 위해 가석방되어 로마로 보내졌다. 하지만 그는 카르타고의 제안을 거절하라고 원로원에 제안했다. 배신자로 낙인 찍혀 죽게 될 그의 운명을 예감한 원로원은 그에게 로마에 남아 있으라고 권했다. 그러나 그는 카르타고인들과의 약속을 지키기 위해 카르타고로 돌아갔는데 결국 고문을 당해 죽었다고 전해진다.

5 로마 공화정의 장군이자 정치가이며 일곱 차례나 집정관을 지낸 카이우스 마리우스는 로마 군단을 개혁한 것으로 유명하다. 그는 그의 아들이 전쟁을 일으켜 승전해 돌아왔음에도 불구하고 허락하지 않은 행동을 했다며 사형을 언도하고 추방시켰다고 한다.

6 로마의 왕정 시대 정치가인 주니우스 브루투스는 콜라티누스와 발레리우스와 함께 BC 509년에 제7대 왕이었던 타르퀴니우스 수페르부스 왕을 추방하고 공화정을 수립했다. 그 후 에트루리아로 망명한 수페르부스가 빼앗긴 왕위를 되찾기 위해 귀족 자제들과 공모하여 로마에서 반란을 계획한바, 여기에 주니우스 브루투스의 두 아들도 동조하였다. 그 사실을 알게 된 브루투스는 분노하여 두 아들에게 사형을 선고하고 처형 장면을 지켜봤다고 한다.

불행한 사람들 같으니라구!
하지만 언제나 로마인들 사이에서는
조국과 영예가 승리를 거두었소.
나는 아오. 당신을 떠남으로써 불행한 티투스가 겪게 될
가혹함이 전대의 온갖 미덕들을 능가하리라는 것을. 그 어떤
고통도 내 아픔에는 미치지 못할 거라는 것도 말이오.
하지만 마마, 당신은 어쨌거나 내가 위대한 노력 없이는
모방할 수 없는 하나의 본보기를
후대에 남길 자격이 없다고 생각하는 것이오?

베레니케 아니요, 당신의 야만적 본성에는 너무도 쉬운 일이라
생각해요.
배은망덕한 당신은 제 생명을 앗아갈 자격이 있지요.
제 마음은 당신의 모든 감정을 다 알게 되었어요.
이곳에 저를 남게 해 달라는 말은 더 이상 안 하겠어요.
누가요? 제가요?
수모와 조롱을 당하고 저를 증오하는 백성들의 야유를
참아내고자 할 거 같아요?
당신이 이렇게까지 잔인하게 거절해 주길 바랐어요.
그대로 됐군요. 당신은 이제 저를 더 이상 두려워하지 않게
될 거예요. 여기서 제가 거짓 맹세를 혐오하는
하늘을 증인 삼아 욕설을 퍼붓기를 기다리지 마세요.

아니요, 하늘이 아직도 제 눈물에 감동하신다면
전 죽어 가면서 제 고통을 잊어 주세요라고 기도하겠어요.
제가 당신의 부당함에 벌을 내려 주시라는 기원을 한다면,
비참한 베레니케가 죽기 전에 제 죽음을 복수해 줄 누군가를 당신에게 남겨 두고자 한다면,
저는 그를 오직, 배신자, 당신의 가슴속에서만 찾으렵니다.
저는 알지요.
그토록 큰 사랑이 쉽게 지워질 수 없다는 것을.
현재의 제 고통, 지난날 품었던 제 호의,
이 궁정에 흘리고자 하는 저의 피,
이 모두가 제가 당신에게 남기는 적들입니다.
저의 인내심을 후회하지 않고, 그들에게 저의 모든 복수를 맡기겠어요. 영원히 안녕히.

제6장
티투스, 파울리누스

파울리누스 무슨 생각을 하고 여왕님이 나가신 겁니까, 폐하?
마침내 떠나기로 정하신 겁니까?

티투스 파울리누스, 내가 졌네. 나도 더는 버티지 못하겠네.
여왕이 죽기를 원하네. 가세, 따라가 봐야 하네.
서둘러 그녀를 구하러 가세.

파울리누스 아니, 무슨 말씀이세요?
폐하께서 조금 전 여왕님의 발걸음을 지켜보라고 명하지 않으셨던가요?
늘 곁에서 정성으로 여왕님을 섬기는 시녀들이
그 슬픈 생각들을 돌려놓을 수 있을 것입니다.
아니요, 아니 됩니다. 조금도 두려워 마십시오.
이게 가장 힘든 싸움입니다. 폐하, 밀고 나가십시오.
승리는 폐하의 것입니다. 압니다. 당신이 연민 없이 그분의 말을 들을 수 없었다는 것을요.

저 자신도 그분을 뵈면서 동정을 금할 수 없었습니다.
하지만 보다 멀리 내다보십시오. 깊이 생각해 보십시오.
지금의 불행 속에서 고통의 한 순간이 지나고 나면,
온 세상이 폐하께 어떤 칭송들을 마련해 두었는지,
장차 어떤 지위를 준비해 두었는지를요.

티투스 아니, 나는 야만인. 내 자신을 증오하네.
그리도 미움 받았던 네로도 결코 이렇게 극도로 잔인하진 않았네.
절대로 난 베레니케가 죽게 놔두지 않을 걸세.
가세. 로마는 제 하고 싶은 대로 말하겠지.

파울리누스 어떻게 그런! 폐하?

티투스 나도 모르겠네. 파울리누스,
내가 무슨 말을 하고 있는지, 극심한 고통이 나의 정신을 짓누르고 있구나.

파울리누스 폐하의 명성이 가는 길을 흔들지 마십시오.
이미 두 분의 이별 소식이 퍼졌습니다.
신음하던 로마는 당당히 승리를 구가하고, 모든 신전들은 문을 열고 폐하의 존함으로 향을 피우고 있습니다.
또한 백성들은 폐하의 미덕을 높이 찬양하며
사방에서 폐하의 동상들에 월계관을 씌울 겁니다.

티투스 아! 로마여! 아! 베레니케여! 아! 불행한 군주여!

어찌하여 나는 황제란 말인가?

어찌하여 나는 사랑에 빠졌단 말인가?

제7장

티투스, 안티오쿠스, 파울리누스, 아르사케스

안티오쿠스 폐하, 무슨 일을 하신 겁니까?[1]

사랑스런 베레니케 님이 어쩌면 포이니케의 팔에 안겨
숨을 거두게 될 것 같습니다.
눈물도, 충고도, 이성도 아무 소용이 없습니다.
그녀는 울부짖으며 칼과 독약을 간청합니다.
오직 당신만이 그녀의 그런 욕구를 거두실 수 있습니다.
사람들이 폐하의 존함을 말하면 그 이름이 그녀를
다시 살아나게 합니다.
그녀의 눈길은 언제나 폐하의 처소를 향합니다.
마치 이제나저제나 하면서 폐하를 찾는 거 같습니다.

1 왜 갑자기 안티오쿠스의 등장인가? 라신은 티투스와의 결별 선언 이후 절망에 빠진 베레니케에게 닥친 현실적 위기감을 적나라하게 드러내고자 한다. 사랑하는 여인을 죽음에서 구해 달라고 자신의 연적에게 간청하는 안티오쿠스의 대사는 그래서 더욱 더 비장하고 비극적이다.

견딜 수가 없습니다. 그 광경 때문에 죽을 것만 같습니다.
무엇을 주저하십니까? 그녀 눈앞에 모습을 보이십시오.
그녀의 넘치는 미덕과 우아함, 아름다움을 지켜 주십시오.
아니면 폐하, 모든 인간성을 포기하십시오.
한 말씀만 해 주십시오.

티투스 아아! 내가 무슨 말을 할 수 있을까?
지금 이 순간, 나 자신은 숨을 쉬고 있기는 한 건가?

제8장

티투스, 안티오쿠스, 파울리누스, 아르사케스, 루틸루스[1]

루틸루스 폐하, 모든 호민관들과 집정관들, 원로원[2]이
제국 전체를 대표하여 폐하를 뵈러 왔습니다.
수많은 백성들도 그들의 뒤를 따라와, 폐하의 처소에서
매우 초조하게 폐하께서 나오시기를 기다립니다.

티투스 위대한 신들이시여, 당신들 뜻을 압니다.
당신들은 동요하려는 이 마음을 단단히 붙잡아 주고 싶어
하십니다.

---

1 루틸루스의 등장은 사랑 앞에 다시 나약해진 티투스에게 사랑이냐 로마제국이냐를 선택할 수 있는 기회를 제공한다. 안티오쿠스를 베레니케의 대변자라 한다면 루틸루스는 로마제국의 대변자인 셈이다.

2 호민관은 황제에게 속하는 군사 호민관과 평민회에서 선출되는 민정 호민관으로 나뉜다. 거부권을 지닌 그들의 권한은 로마에서 가장 강력한 것이었다. 집정관은 호민관을 통솔하는 최고 행정관의 높은 지위를 누렸으나 임기가 1년밖에 되지 않았다. 한편 왕과 집정관의 자문위원회인 원로원은 상설기구로서 구성원이 원할 때 소집되었으며 가장 큰 권한을 지녔다. 루틸루스는 로마의 권력을 대변하는 이 세 계층이 동시에 티투스를 찾아왔음을 강조하며 그가 로마의 황제에 걸맞은 결단을 내리도록 은근히 압박하고 있음을 알 수 있다.

파울리누스 이리로 오십시오. 폐하, 옆방으로 건너가시지요.

원로원 사람들을 보러 가시지요.

안티오쿠스 아! 여왕님 처소로 달려가십시오.

파울리누스 뭐라고요? 전하, 그같이 부당한 행동으로

전하께서는 제국의 위엄을 짓밟으려 하시는 겁니까?

로마는…

티투스 그만하게. 파울리누스, 그들의 말을 들으러 가세.

(안티오쿠스에게)

전하, 나는 이 의무를 저버릴 수가 없소.

여왕을 만나 주시오.

어서 가시오. 내가 다시 돌아왔을 땐,

그녀가 내 사랑을 더 이상 의심치 않기를 바라오.

제5막

제1장

아르사케스

아르사케스 어디서 이처럼 충직한 왕을 찾을 수 있을까?

하늘이시여, 제 발걸음을 인도하시고,

저의 열정을 지켜 주소서. 지금 이 순간 제가 아마도

그분이 감히 상상도 못하실 행운을 알릴 수 있게 해주소서.

제2장
안티오쿠스, 아르사케스

아르사케스 아! 그 어떤 행운이 당신을 이곳으로 다시
인도한 걸까요, 전하?

안티오쿠스 내가 돌아온 것이 기쁘다면 아르사케스,
오직 내 절망에 감사를 표하게.

아르사케스 여왕님은 떠나십니다, 전하.

안티오쿠스 떠나신다고?

아르사케스 오늘 저녁 바로요. 명령이 하달되었습니다.
여왕님은 티투스 님이 너무도 오랫동안 당신의 눈물을 모른 체한 것에 화가 났습니다.
분노에 뒤이어 관대한 복수심이 찾아들었습니다.
베레니케 님은 로마와 황제를 포기하시고 서둘러 떠나고 싶어 하십니다.
그 소식을 들은 로마가 당황하며 떠나시는 여왕님의 모습을 보고 환호하기 전에요.

황제께 편지를 쓰신답니다.

안티오쿠스 오, 하늘이시여! 그 누가 상상할 수 있었을까요?

그런데 티투스 님은?

아르사케스 여왕님을 찾지도 않으셨어요.

열광한 백성들이 황제를 붙잡고 에워싸겠지요.

원로원이 그분에게 부여한 칭호들에 환호하면서요.

그 칭호들, 존경심, 환호는 티투스 님에게 당연히

그에 합당한 서약을 요구합니다.

전하, 바로 이런 것들이 황제께 명예로운 족쇄를 채우게

되는 것입니다. 황제께서 아무리 한숨짓고

여왕님이 눈물을 흘리신다 해도,

머뭇거리는 소망은 의무 안에서 굳어 버립니다.

이제 다 끝났습니다. 아마도 황제는 여왕님을 다시는

만나지 않으실 겁니다.

안티오쿠스 고백하건데, 아르사케스, 내가 얼마나 많은 희망을 품었었던가!

하지만 행운의 여신이 너무도 잔인한 배려로 나를 기만하여,

수차례나 내 모든 계획이 어긋나 버리는 것을 목격했지.

그대가 해 주는 이야기 모두 내가 얼마나 긴장하면서 듣는지 모른다네.

성가신 두려움을 예고받은 내 마음은

희망을 품으면서도 행운의 여신을 화나게 할 거라고 믿게 된다네.
그런데 저게 누구지? 티투스 님이 우리에게 오고 계시네.
뭘 원하시는 걸까?

제3장

티투스, 안티오쿠스, 아르사케스

티투스 (들어서면서) 여기 그대로 있으라. 나를 따라오지 말라.

전하, 마침내 약속을 이행하러 왔소.

베레니케 님이 내 마음을 차지하고 끊임없이 나를 괴롭게 하오.

난 당신의 눈물과 그녀의 눈물로 상처받은 마음을 안고

나의 고뇌보다는 덜 혹독한 당신들의 고뇌를 위로하러 왔소. 이리로, 전하, 이리 오시오.

내가 그녀를 사랑하는지 아닌지 마지막으로 확인해 주길 바라오.

제4장
안티오쿠스, 아르사케스

안티오쿠스 그래! 바로 이것이 자네가 내게 던져 준 희망이었군.
이제 자네는 내게 예정된 승리의 실체를 보게 되겠군.
베레니케 님이 화가 나서 떠나 버렸다고!
황제가 그녀를 다시는 만나지 않으려 그녀를 버리셨다고!
대체 제가 무슨 일을 했습니까?
위대한 신들이시여, 저의 비참한 삶에 당신들은
그 어떤 불운한 여정을 운명 지우셨단 말입니까?
제 모든 시간은 두려움에서 희망으로, 희망에서 분노로
끝없이 이동할 뿐입니다.
그런데도 내가 아직 숨을 쉬는가?
베레니케여! 티투스여! 잔인한 신들이시여!
더 이상은 제 눈물을 조롱하지 못할 것입니다.

제5장

티투스, 베레니케, 포이니케

베레니케 아니, 아무 말씀도 듣지 않겠어요. 이제 결심했어요.

떠나고 싶어요. 왜 제 앞에 나타나신 거죠?

왜 또 오셔서 저의 절망을 후벼 파시는지요?

그것만으론 부족한가요? 더 이상 당신을 보고 싶지 않아요.

티투스 하지만, 제발, 내 말 좀 들어 주시오.

베레니케 늦었어요.

티투스 마마, 한마디만

베레니케 싫어요.

티투스 그녀가 내 영혼을 그 얼마나 큰 고통 속에 내던지는가!

나의 여왕이여, 이 갑작스러운 변화는 어찌된 연유요?

베레니케 다 끝났어요. 당신은 제가 내일 떠나기를 바라시지요.

하지만 저는요, 저는 지금 당장 떠나기로 결정했어요.

떠나겠어요.

티투스 머물러 주시오.

베레니케 배신자, 나더러 머물러 달라니! 왜죠?

무례한 백성들이 제 불행을 방방곡곡 떠들어 대는 것을
듣기 위해서 말인가요?
당신 귀에는 안 들리나요 저 잔인한 기쁨의 함성이?
그런데 저만 혼자서 눈물 속에 빠져 있으라고요?
제가 무슨 죄를 짓고 무슨 잘못을 했기에 저들이 흥분하는
거죠?
아아! 제겐 오직 너무도 폐하를 사랑한 죄밖에 없잖아요?

티투스 마마, 무지한 백성들의 소리에 귀를 기울이는 거요?

베레니케 이곳에는 온통 제게 상처를 주는 것들뿐이에요.

당신이 정성으로 마련해 주신 이 방 구석구석,
그토록 오랫동안 제 사랑의 증인이 되어 준 이곳은,
당신의 사랑으로 영원히 제게 화답해 줄 것만 같았죠.
제 슬픈 눈길은, 사방에서 우리 두 사람 이름으로 연결된
꽃 줄 장식들을 바라봅니다.
이것들은 제가 견딜 수 없는 위선자들입니다.
가자, 포이니케.

티투스 오, 하늘이시여! 어찌 이리도 부당하시오!

베레니케 돌아가세요. 당신의 잔혹성을 칭송하러 온 그 존엄한

원로원으로 가세요.
그래요, 당신은 그들의 말을 기꺼이 경청하셨겠죠?

당신의 영예에 전적으로 만족하시겠군요?
저에 대한 기억을 잊겠다고 약속하셨나요?
사랑을 버리는 것만으로는 충분하지 않을 테지요.
저를 영원히 증오하겠다고 약속하셨나요?

티투스 아니오. 난 아무것도 약속하지 않았소.
내가, 내가 당신을 증오하다니! 내가 영원히 베레니케를 잊을 수 있다니!
아! 신들이시여, 지금이 어떤 순간인데 그녀가 끔찍한 의심으로, 부당하게 제 가슴을 아프게 한단 말입니까!
마마, 나를 아시잖소. 오 년 전부터 매 순간,
하루하루가 어땠었는지 헤아려 보시오.
넘치는 열정으로, 수많은 한숨으로 당신께 내 마음속 욕망들을 표현했었소.
오늘은 지난 모든 날들보다 더 강렬하오.
고백하건데, 당신은 결코
오늘만큼 사랑받은 적이 없소.
결코…

베레니케 저를 사랑하신다고요. 당신은 그리 주장하시는군요.
그런데도 제가 떠나는군요. 제게 그 명령을 내린 이가 당신이잖아요!
세상에! 당신은 절망에 빠진 제게서 그리도 매력을

느끼시는건가요?
제가 너무도 적은 눈물을 흘릴까 봐 걱정하시는 건가요?
그 헛된 사랑의 회복이 제게 무슨 소용이 있을까요?
아! 잔인한 사람!
저를 동정하신다면 사랑을 드러내지 마세요.
제게 너무도 소중한 추억을 회상하게 하지 마세요.
그 대신 적어도 제가 확신하고 떠나게 해 주세요.
이미 당신의 마음속에서 은밀히 추방당한 제가,
저를 버린 배신자를 미련 없이 포기한다고요.

(티투스가 편지를 읽는다.)

당신께 제가 조금 전 쓴 편지를 빼앗아 가셨지요.
바로 그게 당신의 사랑으로부터 제가 바라는 전부입니다.
읽어 보세요. 배신자, 읽어 보시고 저를 나가게 해 주세요.

티투스 절대로 못 가오. 내가 동의할 수 없소.
어찌 그런 말씀을? 이 떠남이 잔인한 계획에 불과한 것이라고요? 죽으려 한다고요?
내가 사랑한 모든 것이 하나의 서글픈 추억으로 남을 뿐이라고요?
안티오쿠스 님을 찾아보거라. 그분을 모셔 오너라.

(베레니케가 의자에 털썩 주저앉는다.)

제6장

티투스, 베레니케

티투스 마마, 당신에게 진실한 고백을 하나 해야만 하오.
내가 엄격한 의무의 법에 짓눌려
공포스런 순간에 직면했을 때 당신과의 만남을 영원히
포기해야만 했소.
이렇게 슬픈 이별이 다가올 것을 예감했을 때,
나의 두려움, 나의 갈등, 당신의 눈물, 당신의 비난,
세상에서 가장 큰 불행이 가져올
모든 고통을 내 마음에게 각오하게 했소.
하지만 아무리 두려워도, 이 말은 해야겠소. 나는 단지
그 고통 중의 가장 작은 부분만을 예측했다는 것을.
나는 내 용기가 무너져 내리지 않을 것이라 믿었소.
그런데 그 용기가 추락하는 것을 보고
혼란 속에서 수치심을 느꼈소.
내 면전에 전 로마가 집결한 것을 보았소.

원로원이 내게 말했소. 하지만 낙담한 내 영혼은 들어도
듣지 못하고, 그들에게 그들의 열광에 대한 대가로
단지 싸늘한 침묵만을 남겨 주었소.
로마는 아직 당신의 운명에 대해 확실히 정한 바가 없소.
나 자신도 매 순간순간 과연 내가 황제인지
혹은 로마인인지를 기억해 내기가 쉽지 않소.
나는 내 의도도 모르는 채 당신에게 왔소.
내 사랑이 나를 이끌었소. 아마도 나 자신을 찾기 위해서,
나 자신을 인식하기 위해 온 걸 거요.
그런 내가 발견한 것은?
당신 눈에 드리워진 죽음을 보오. 죽음을 찾아서 당신이
이곳을 떠난다는 것을 알게 되었소. 너무하오.
이 슬픈 광경에 내 고통은 극한에 이르렀소.
내가 느낄 수 있는 고통이란 고통은 다 느끼고 있다오.
하지만 그것으로부터 벗어날 길을 알고 있소.
불안과 근심으로 지쳐서
내가 행복한 결혼으로 당신의 눈물을 마르게 해 줄 거라고
는 기대하지 마시오.
당신이 나를 그 어떤 극단으로 내몰아도
준엄한 내 명예가 늘 나를 따라다닌다오.
놀란 내 영혼에 그 명예가 끊임없이 말합니다.

당신과의 결혼이 제국의 뜻과 합치될 수 없다고.
그 선언 후, 내가 걸음을 떼었으니
그 어느 때보다도 더 당신과 결혼해서는 안 된다고 말합니다. 그렇소. 마마, 나는 당신에게 절대 말하면 안 된다오.
당신을 위해서 제국을 버릴 준비가 되어 있노라고,
당신을 뒤따르고, 사랑의 사슬에 너무도 만족하면서,
이 세상 끝까지 당신과 함께
사랑을 속삭이겠노라고 말이오.
당신은 내 비겁한 행동을 부끄러워하게 될 것이오.
당신은 제국도, 궁정도 없는, 자격 없는 황제가
당신의 뒤를 따르는 것을 마지못해 보게 될 것이오.
그것은 사랑의 나약함이 빚어낸 비천한 광경이겠지요.
내 영혼이 포로로 잡혀 있는 고통들에서 벗어나기 위해서는
당신도 잘 아시듯, 좀 더 고상한 길이 있소.
마마, 나는 몇몇 영웅들과 로마인들에게서
스스로 그 방법을 깨우쳤소.
너무도 많은 불행이 그들의 의지를 좌절시킬 때,
그들 모두는 그 집요함을 이렇게 설명했소.
가혹한 운명이 끈질기게 들러붙어 그들을 박해한다고.

운명은 더 이상 저항할 수 없는 은밀한 명령 같다고 말이오.[1]
당신의 눈물이 더 오래 내 시야를 자극한다면,
내가 여전히 죽을 결심을 한 당신을 보게 된다면,
매 순간 행여 당신이 죽으면 어쩌나 노심초사해야 한다면,
당신이 내게 삶의 여정을 존중하겠다고 맹세하지 않으면,
마마, 당신은 또 다른 눈물을 예상해야만 할 거요.
지금 이 상황에서 난 못할 일이 없소.
당신 눈앞에서 내 손이 우리의 비통한 이별을 결국 피로
물들이지 않는다고 장담 못하오.

베레니케 아아!

티투스 그렇소. 난 못할 일이 없소.
지금 내 생명줄을 쥐고 있는 이는 바로 당신이오.
잘 생각해 보시오. 마마, 내가 당신에게 소중하다면…

1 로마인들은 해결이 불가한 상황에 직면했을 때 자살하는 전통이 있었다. 티투스도 로마의 그러한 전통에 따라 자살을 택할 수 있다는 가능성을 암시한다.

제7장

티투스, 베레니케, 안티오쿠스

티투스 어서 오시오. 전하, 어서 오시오. 내가 당신을 모셔오라 했소.
이곳에서 내 모든 나약함의 증인이 되어 주시오.
이것이 보잘것없는 애정으로 사랑하는 것인지
좀 봐 주시오. 우리를 판단해 주시오.

안티오쿠스 다 믿습니다. 저는 두 분을 잘 알고 있습니다.
하지만 폐하께서도 한 불행한 군주를 알아봐 주십시오.
폐하, 폐하께서는 존경으로 저를 영예롭게 해 주셨습니다.
전 당신께 한 치의 거짓도 없이 맹세할 수 있습니다.
당신 두 분께 가장 소중한 친구가 되려고 제 목숨을
걸기까지 했습니다.
제 바람과는 상관없이 두 분 모두 제게 고백을 하셨습니다.
여왕님은 여왕님의 사랑을, 그리고 폐하는 폐하의 사랑을
말입니다.
여왕님은 제 말을 듣고 부인하실 수도 있습니다만, 언제나

열정적으로 폐하를 찬양하는 제가

폐하의 신임에 정성을 다해 보답하려는 모습을 보셨습니다. 폐하께서는

그 점에 대해 제게 빚을 지고 계시다고 생각하시겠지요.

하지만 지금 이 운명의 순간에, 그리도 충직한 친구가 폐하의 연적이었다는 사실을 믿으실 수 있겠습니까?

티투스 내 연적이라니!

안티오쿠스 이제 폐하께 진실을 밝힐 때가 되었습니다.

그렇습니다. 폐하, 저는 예전부터 베레니케를 사랑했습니다.

그녀를 더 이상 사랑하지 않으려 수없이 마음속 전쟁을

치렀습니다. 그녀를 잊을 수는 없었지만,

적어도 침묵은 지킬 수 있었습니다.

겉으로 보기에 저를 위한 것 같은 폐하의 변화가,

때로는 제게 어렴풋한 희망을 품게도 했습니다.

그러나 여왕님의 눈물이 그 희망을 꺾어 버렸습니다.

눈물에 젖은 그분의 눈은 폐하를 뵙기를 원했습니다.

폐하, 하여 제가 자진해서 폐하를 모시러 왔습니다.

폐하께선 다시 돌아오셨습니다.

폐하는 사랑하고, 사랑받고 계십니다.

당신이 항복하셨습니다. 저는 그리 될 것이라 믿어 의심치 않았습니다.

마지막으로 깊이 생각해 보았습니다.
저의 용기를 마지막으로 시험해 보았습니다.
제 모든 이성을 소환했습니다.
이보다 더 깊이 사랑에 빠진 적이 없습니다.
그토록 많은 매듭을 끊어 내기 위해서는 또 다른 노력들이 필요합니다.
저는 죽음으로써만 그 매듭들을 끊어 낼 수 있습니다.
그 길을 향해 달려가렵니다.
그 사실을 알려드리고 싶었습니다.
예. 마마, 제가 폐하를 당신께 모셔왔습니다.
제 정성이 성공한 겁니다.
후회하지 않습니다. 부디 하늘이
당신 두 분의 시간 위에 넘치는 축복을 내려 주시길!
행여 두 분을 향한 하늘의 노여움이 아직 남아 있다면,
너무도 아름다운 당신들의 삶에 위협이 될지도 모르는 그 노여움들을, 제게 다 쏟아 부으시라고 간구하겠습니다.
당신들을 위해 제 불행한 삶 위에 제가 짊어지고 가겠습니다.

베레니케 (자리에서 일어서며) 그만, 그만하세요.
너무도 고결하신 군주님들,
두 분 모두 저를 벼랑 끝으로 밀어 넣으시다니요!

전하를 바라보아도, 황제를 대하여도
사방에서 절망의 그림자와 마주할 뿐입니다.
제게 보이는 건 눈물뿐이고 제게 들리는 것은
오로지 고통, 공포, 예정된 유혈에 대한 이야기뿐이군요.
(티투스에게)
폐하, 폐하는 제 마음을 아십니다.
저는 말씀드릴 수 있답니다. 단 한번도 제국을 위해 제가
걱정한 적이 없다는 것을요.
아시다시피 로마인의 위대성도, 황제의 권위도
전혀 제 관심사가 아니었어요.
사랑했어요. 폐하,
사랑했어요. 사랑받고 싶었어요.
오늘에야 고백하건데, 저는 불안에 떨었어요.
폐하의 사랑이 끝나게 되리라 확신했었거든요.
제 잘못을 깨달았어요.
폐하께서는 변함없이 저를 사랑하시는군요.
괴로워하시며 눈물을 흘리시는 모습도 보았어요.
폐하,
베레니케는 그렇게 염려해 주실 만한 자격이 없습니다.
당신의 사랑으로 인해 전 세계가 불행해질 필요도 없지요.
온 세상이 티투스를 향한 소망으로, 당신의 미덕이 이끄는

첫 열매를 맛보려는 시점에, 그들에게서 한 순간에 지고의 기쁨을 앗아갈 정도의 가치 있는 사람이 아닙니다.
저는 오 년 전부터, 오늘 이 마지막 날까지
진정한 사랑을 했다고 폐하께 확신합니다.
그뿐만이 아닙니다.
저는 소망합니다. 이 치명적인 순간에, 마지막 노력을 기울여 나머지 모든 것을 영예롭게 장식하기를요.
살겠습니다. 폐하의 절대 명령을 따르겠어요.
영원히 안녕. 폐하, 통치하세요.
다시는 당신을 만나지 않겠어요.

(안티오쿠스에게)

전하, 우리의 작별 이후에, 전하도 스스로 판단하시겠지요.
제가 사랑하는 사람을 떠나는 데 동의한 게 아니라는 것을요.
다른 사람의 사랑의 맹세에 귀 기울이기 위해 로마를 떠나는 것이 아니라는 것을요.
사십시오. 고귀한 노력을 기울이세요.
전하도 티투스 님처럼, 저처럼, 행동하세요.
저는 그분을 사랑해서 그분을 피해 달아납니다.
티투스 님도 저를 사랑해서 저를 떠납니다.
당신의 한숨과 고뇌를 제 눈에서 멀리 가져가 주세요.

영원히 안녕.

우리 세 사람 모두 세상 사람들에게, 가장 감미로우면서도

가장 불행한 사랑의 본보기가 되기로 해요.

세계가 그 비통한 이야기를 간직할 수 있도록요.

모든 게 준비되었어요.

사람들이 저를 기다리고 있어요.

절대 따라 나오지 마세요. (티투스에게)

마지막 인사를 해야겠군요. 안녕히 계세요, 폐하.

안티오쿠스 아아![1]

---

1 베레니케와 티투스가 영혼의 합일로 마지막 작별을 고하는 반면에 안티오쿠스는 "아아 이럴 수가 Hélas!"라는 탄식밖에는 다른 할 말이 없다. 언제나 베레니케 – 티투스 커플의 주변만을 맴돌았던 보상받지 못한 불행한 연인 안티오쿠스! 그의 절망적인 이 외침은 아무런 희망도 꿈꿀 수 없는 캄캄한 유폐의 공간을 떠돌며 저들의 비극적인 사랑을 후세에 변함없이 이야기해 줄 것이다.

17세기 프랑스 고전주의 원리의 태동과 그 완성에 가장 밀접한 관계를 맺으며 당대를 대표한 문학 장르가 바로 연극(특히 비극)이다. 그중에서도 1660년을 기점으로 프랑스 연극의 가장 화려하고 가장 풍요로웠던 한가운데에서 만나게 되는 극작가 라신Racine과 그의 작품들이 지니는 의미는 각별하다.

19세기의 비평가 생트 뵈브Sainte-Beuve는 라신의 극작품들을 "부드러운 거품을 지닌 정념의 파도가, 아름답고 청결한 조류처럼 독자를 이끌어 간다."라며 찬사를 아끼지 않았다.

1639년 라 페르테-밀롱에서 태어난 라신은 포르루아얄에서 장세니슴의 교리를 익히며 성장하였다. 그는 신의 은총을 잃고 자기 자신에 대한 성찰을 포기한 인간은 본능의 노예가 된다는 신념하에, 연애를 잔인하고 운명에 저항할 수 없는 것으로 묘사했다. 그에 의하면 정념은 사람의 마음속에 잠자고 있다가 일단 폭발하면 교양과 절제력을 갖춘 사람에게 있어서조차도 그 본래의 난폭성을 다시 나타나게 하는 충동적인 힘이다. 그의 작품 속에 등장하는 인물들은 사랑과 윤리 사이에서 고민하는 나머지 괴로워하며 자기 파괴적인 죽음 이외에는 다른 어느 것도 생각할 여지가 없다. 이성으로는 도저히 통제할 수 없는 그 어떤 힘이 거칠고 뜨거운 그들의 영혼을 밑바닥까지 뒤흔들어, 끊임없이 고통과 광란의 상태로 몰아 간다.

여기 소개하는 작품 『베레니케*Bérénice*』는 가장 프랑스적인 작가로 알려진 라신이 극작가로서 성공가도를 달리던 서른 살에 발표한 그의 다섯 번째 비극이다. 이 작품은 명료하고 음악적인 프랑스어의 힘을 빌려 완벽한 형식 속에 비극적 장애에 부딪혀 욕망을 좌절당하는 인물들의 심리를 생생하게 담아낸 고전주의의 가장 순수한 작품이라 할 수 있다.

『베레니케』는 1670년 11월 21일 부르고뉴 극장(Hôtel de Bourgogne)에서 초연되었다. 그 후 일주일 뒤 몰리에르 극단이 피에르 코르네유Pierre Corneille의 『티투스와 베레니케(*Tite et Bérénice*)』를 팔레 루아얄Palais Royal 극장의 무대에 올렸다. 사실 라신의 또 다른 작품들 『이피게니아*Iphigénie*』나 『파이드라*Phèdre*』도 라신과 경쟁 관계에 있던 당대의 극작가들이 동일한 주제로 거의 동일한 시기에 그들의 작품을 무대에 올리면서 라신의 극작법에 대해 혹독한 비판을 시도했었다. 그러나 『베레니케』의 경우는 당대 최고의 극작가로 인정받던 선배 작가 코르네유의 『티투스와 베레니케』

와 대결 양상을 띠면서 곧바로 세간의 이목을 집중시켰다. 과연 단순한 우연이었는지 아니면 누가 먼저고 어느 정도의 영향을 받은 것인지 등에 대한 논쟁으로 비평가들은 각자 지지하는 두 작가를 사이에 두고 첨예하게 대립하였다. 지금까지도 이 문제는 라신과 코르네유의 연구자들에게 수많은 추측들을 불러일으킬 뿐 명확한 답을 내리지 못한 상태로 남아 있다.

『베레니케』는 라신이 남긴 열한 편의 비극 중 가장 장엄하면서도 가장 소설 같은 작품이다. 발단에서 대단원에 이르기까지 줄거리(행위)의 반전 없이 진행되는 비극으로서 극중에 유혈이나 죽음이 없다는 점이 다른 비극들과 구별된다. 1669년에 발표한 사건과 사건들이 뒤엉켜 매우 복잡한 구도를 지닌 『브리타니쿠스 *Britannicus*』와는 달리 이 작품에는 하나의 주제를 단순함(Simplicité)의 극치로 밀도 있게 그려 내고자 했던 작가의 의도가 잘 드러나 있다. 라신은 「서문」에서 호라티우스와 소포클레스의 시학과 관련된 작품을 언급하며 '단순성'을 작가가 지녀야 할 최고의 덕목으로 주장한다. 작품의 줄거리는 다음과 같다.

티투스

티투스는 로마제국의 혼란기를 수습하고 황제의 자리에 오른 아버지 베스파시아누스의 황위 계승자로서, 로마의 지배에 저항하는 유대를 평정하라는 명을 받아 예루살렘으로 원정(66－70년)을 떠났다. 가는 곳마다 승리를 거둔 그는 팔레스타인 지역에서 친로마 성향의 왕이었던 헤로데 아그리파 2세의 누이동생 베레니케와 사랑에 빠지게 되었다. 티투스가 승전의 영웅으로 금의환향할 때 로마로 함께 온 베레니케는 제국의 궁정에 머물면서 티투스와의 사랑을 키워 나간다. 하지만 베스파시아누스가 서거하자 그들의 사랑은 로마법과 로마인들의 관습 앞에서 최대 위기를 맞게 된다. 변함없이 베레니케를 사랑함에도 불구하고 황제의 의무를 저버릴 수 없어 그녀를 속절없이 떠나보내야만 하는 티투스, 그 사실을 받아들여야만 하는 운명에 처해진 베레니케, 그 틈바구니에 끼어 헛된 희망과 잔인한 현실을 오가며 고통의 정점에서 신음하는 안티오쿠스, 이 세 사람의 지친 영혼의 내면에서 쏟아지는 처절한 절규….

『베레니케』는 티투스의 아버지 베스파시아누스의 죽음을 애도하는 일주일간의 국상 기간이 끝난 시점에서 시작된다. 이방인과의 결혼을 결코 용납하지 않는 준엄한 로마법과 로마 황제와 동양에서 온 여왕과의 결혼을 혐오하는 로마인들 때문에 베레니케는 불안한 나날을 보낸다. 하지만 연인 티투스가 황제의 자리에 오르게 되자 그녀는 곧 행복한 결혼으로 황후가 될 것이라는 기대에 들떠 초조하게 티투스의 결혼 선언을 기다린다. 그러나 웬일인지 일주일이 지났는데도 황제는 베레니케를 찾지 않고 궁정 주위에는 이런저런 소문만 무성하다. 측근 파울리누스를 통해 베레니케와 자신의 사랑에 대한 로마인들의 여론을 전해 들은 티투스는 수많은 갈등과 고뇌 끝에 황제의 직위와는 절대로 양립될 수 없는 그녀와의 결혼을 포기하고 베레니케를 팔레스타인으로 되돌려 보내기로 결심한다. 계속되는 티투스의 침묵 속에서 어렴풋이 최악의 상황을 감지하게 된 베레니케, 그러나 그녀는 스스로에게 최면을 걸어서라도 배반당할 위험에 처한 사랑을 끝까지 믿으려고 안간힘을 쓴다. 티투스와 베레니케는 결국 헤어지게 될 것인가? 이것만이 유일한 관심사다. 이 작품의 모든 행위와 사건들은 오로지 이 질문에 맞춰 진행된다. 무대는 로마, 베레니케와 티투스의 처소 중간에 위치한 밀실인데 이 장소는 지리학상 매우 중요한 역할을 한다. 모든 행위(action)가 바로 이 장소에서 펼쳐지게 되며 사랑의 삼중주의 주역들인 티투스, 베레니케, 안티오쿠스 모두가 이곳으로 모여들 것이기 때문이다. 티투스가 숨막히는 궁정에서 잠시나마 벗어나 베레니케와 사랑을 속삭이는 곳도 이곳이고, 베레니케가 애타게 그와의 결혼 선언을 기다리는 곳도 이곳이며, 안티오쿠스가 베레니케를 향한 한결같은 사랑을 눈물로 고백하며 작별을 고하는 곳 역시 이곳이다. 다시 말해 그들 세 사람에게만 보장된 사랑과 만남과 이별의 장소인 것이다. 막이 오르는 순간부터 우리는 티투스와 베레니케, 베레니케와 안티오쿠스 간의 관계를 조심스럽게 예측할 수 있다. 이때부터 모든 사건들은 바로 이 세 사람의 감정의 굴곡을 따라가며 진행될 것이다. 티투스를 본 첫날부터 강렬한 사랑의 포로가 된 베레니케, 티투스에게 베레니케를 빼앗겨 참담한 안티오쿠스, 조국 로마제국의 뜻을 따르기 위해 사랑을 단념하기로 결심한 티투스, (이들 모두는 주체 못할 고통의 소용돌이에 빠져 감정의 극한을 오가며 걷잡을 수 없이 흔들린다.) 과도한 정념의 파도에 휩쓸린 주인공들의 마음속에는 고통과 죽음을 향한 욕망만 가중될 뿐이다.

로마제국과 베레니케 사이에서 방황하는 티투스는 변함없이 그녀를 사랑하지만 헤어져야 한다는 자신의 모순된 마음의 결정을 그녀에게 통보해야만 한다. 하지만 그녀를 마주하면 첫마디부터 얼어붙는 그의 혀는 그들 두 사람과 하나로 연결되어 있는 안티오쿠스를 필요로 한다. 그러나 그 안티오쿠스는 오래전부터 베레니케를 짝사랑하는 인물이다. 막이 오르자마자 맨 처음 무대에 등장하는 안티오쿠스는 베레니케가 베스파시아누스의 죽음으로 황후의 자리에 오르게 될 것이라 생각하고 마지막 작별인사와 함께 그녀에게 자신의 한결같은 사랑을 고백하고 자신의 조국으로 떠나기로 결심한 상태다. 티투스를 향한 베레니케의 열정적인 사랑만을 확인한 그가 절망하여 떠나려는 순간 황제가 그에게 희망의 불씨를 제공한다. 자신은 결코 베레니케와 결혼할 수 없고 그녀를 돌려보내야 하니 그 말을 대신 전해 달라며 그녀와의 동행을 간청한다. 베레니케와 티투스의 사랑을 지켜 줘야 한다는 의무감과 베레니케를 향한 사랑 사이에서 갈등하던 안티오쿠스는 황제의 청을 마지못해 수행하게 된다. 그러나 그 소식을 듣고 극도로 상심하여 혼란에 빠진 베레니케를 보고 자신의 소망에 반하여 연적인 티투스를 변호할 수밖에 없는 안티오쿠스는 그 어느 때보다 더 비극적 상황 속으로 내몰린다.

티투스와 베레니케가 역사 속 실제 인물들인 반면에 이 작품의 비극성을 한 단계 더 끌어올리는 데 핵심 역할을 하는 안티오쿠스는 극작가 라신이 만들어 낸 가상의 인물이다. 본인의 의지와는 상관없이 티투스와 베레니케의 사랑의 상담사 역할을 수행해야 하는 잔인한 운명의 희생자 안티오쿠스, 보상받지 못한 사랑으로 절망하여 죽음만을 갈망하는 그는 언제나 존재하면서도 부재하는 빈 껍데기에 불과하다. 코르네유 작품 속에는 존재하지 않는 안티오쿠스라는 등장인물 덕택에 라신은 두 주인공이 마침내 마주하게 되는 4막에 이르기까지 티투스와 베레니케가 치러야만 했던 혹독한 내면의 전쟁, 다시 말해 사랑하고 사랑받고 싶은 인간적 욕구와 이성적 양식 사이에서 촉발될 수 있는 모든 갈등과 고뇌를 여전한 긴장감 속에 펼쳐 보일 수 있었다.

역자는 바로 이 점이 「서문」에서 라신이 자신 있게 주장한 『베레니케』의 서른 번째 공연이 첫 공연 때와 마찬가지로 관객의 호

웅과 인기를 누릴 수 있었던 비결이라고 생각한다.

한편 대단원인 5막의 마지막 7장에서 로마를 떠나야만 한다는 티투스의 요청을 이해하고 받아들이는 장면(원문상의 1491–1495행)에 이르기 전까지 베레니케는 오직 티투스를 향한 자신의 격정적인 사랑에만 매달린다. 티투스와의 이별이 현실로 다가왔음을 암시하는 온갖 정황들을 두려워하며 시녀 포이니케의 간청에도 불구하고 스스로 기만당하고 싶어하며 기꺼이 자신의 상황 판단능력을 거부한다. 왜냐하면 자신의 사랑에 치명적일 수밖에 없는 그 현실을 알고 싶지도, 믿고 싶지도, 받아들이고 싶지도 않기 때문이다. 그 대척점에는 비록 삶과 죽음의 문제를 떠나 황제로서의 의무를 저버릴 수 없지만 베레니케를 떠나서는 한 순간도 살 수 없음을 잘 아는 티투스가 있다.

그런 그의 마음을 파악하여 위로하는 파울리누스는 그러나 티투스에게 '보다 멀리 내다볼 것'(원문상의 1209행)을 권함으로써 그의 마음을 로마제국의 법에 따르도록 부추긴다.

마지막 안간힘을 다해 서로에 대한 사랑을 단념하기로 결심한 티투스와 베레니케, 그러나 티투스는 로마법을 수호하고 통치해야 한다는 지상 명령을 따르기 위해 자신의 사랑을 포기하는 것이 아니다. 베레니케 역시 티투스가 떠나야 한다고 명령해서 떠나는 것이 아닌 스스로의 결정에 따라서 떠나는 것이다. 따라서 라신의 티투스와 베레니케를 단순히 '의무'와 '정념' 사이에서 고뇌하다가 대의명분과 주변의 여론을 의식하고 '의무'를 택하게 되는 코르네유적 인물들과 동일한 선상에서 평가해서는 안 된다.

비극은 양립할 수 없는 상황 속에서 잉태되는 것이라 믿었던 라신은 절대적 사랑이라는 강렬한 주제를 중심으로 티투스와 베레니케, 안티오쿠스가 겪는 감정선을 그대로 관객에게 생생하게 보여 준다. 그는 부조리한 운명이 야기하는 인간의 감정들, 즉 절망, 체념, 헛된 희망, 슬픔, 분노, 원한이 되풀이되는 여정을 통해 우리 인간은 어떠한 선택을 하든 고통의 노예일 수밖에 없다는 점을 역설한다.

인간의 의식 속에 도사린 보편적 문제인 삶의 허무, 격정, 불안, 초조, 공포, 광기, 이 모두를 극작가 라신은 베레니케, 티투스, 안티오쿠스의 비극적 운명을 관통하면서 시대를 초월하는 인간의 내면적 세계를 객관적으로 성찰한다. 라신은 이 모든 상황을 여러 개의 극적 반전 장치를 활용하여 비극 『베레니케』를 완성하는 대신 자신이 서문에서 밝힌 바와 같이 "아무것도 아닌 것에서 출발하여 무엇인가를 만들어 가면서" 관객을 장엄한 슬픔의 세계로 초대한다.

그는 루이 14세 절대군주제의 정치철학을 반영한 이 작품의 여주인공 베레니케 역을 마리 샹메레Marie Champmeslé에게 맡겼다. 그녀는 1667년에 부르고뉴 극장(Hôtel de Bourgogne)에서 그의 『안드로마케*Andromaque*』 속 에르미온Hermione 역을 열연하여 라신의 신뢰와 관객의 사랑을 동시에 획득하였다. 그 후 라신의 페르소나가 된 마리 샹메레는 『바자제*Bajazet*』(1672)의 아탈리드, 『미트리다테스*Mithridate*』(1672)의 모님, 『이피게니아*Iphigénie*』(1674)의 이피게니아, 『파이드라*Phèdre*』(1677)의 파이드라를 연기하며 당대를 대표하는 배우로 자리매김하게 되었다.

오늘날 『베레니케』는 코메디 프랑세즈가 『파이드라』, 『안드로마케』, 『브리타니쿠스』 다음으로 자주 무대에 올리는 작품이다.

역자는 그의 비극이 발표된 지 3세기가 넘게 흐른 지금도 우리에게 여전히 가슴 뭉클한 감동을 주는 강렬한 호소력이 있음을 확신하며 『베레니케』를 번역하게 되었다. 과거 그 어느 때보다도 인간의 진정한 욕구를 가로막는 수많은 장애 앞에 가슴 눌리는 고통을 안고 사는 우리이기에, 비록 수많은 맹세와 언약이 헛발질하는 세상이지만 그래도 사랑은 아름답고 찬란하다는 『베레니케』의 비극적 메시지를 절실히 공감할 수 있으리라.

사실 이 작품은 2008년에 이미 본 역자에 의해 출판되었다. 하지만 너무 급하게 번역 작업을 하면서 라신의 아름답고 역동적인 프랑스어 원문의 뉘앙스를 제대로 살리지 못한 아쉬움에 항상 마음이 무거웠다. 11년이 지난 오늘 꼼꼼한 수정 작업을 거쳐 『베레니케』가 달섬 세계고전 시리즈에 합류하게 되어 다행스럽게 생각한다.

부디 이 번역서가 프랑스 고전 비극에 관심을 가진 분들에게 작은 지침서가 되었으면 하는 바람이다.

2020. 7. 6.

장 라신 연보

1639년: 12월 22일 파리의 동북쪽 76km 거리에 있는 라 페르테 밀롱La Ferté-Milon에서 태어남.

1641년: 어머니 사망.

1643년: 아버지 사망.

1649년: 친조부 사망 후 조모 마리 데물랭Marie Desmoulins과 함께 파리 남쪽 근교 슈브뢰즈Chevreuse 계곡에 있는 포르루아얄Port-Royal 수도원으로 이주. 장세니슴의 본산지인 이곳에서 장세니슴 교리를 접하고 프랑스어 및 그리스 고전 문학을 배우기 시작.

1653년: 포르루아얄 수도원과 연관된 보베(파리 북쪽 74km)의 기숙학교(Collège de Beauvais)에 입학하여 교양 과정 수료.

1655년: 포르루아얄로 돌아와 본격적으로 그리스어 교육 받음.

1658년: 파리 대학 아르쿠르(Collège d'Harcourt)에 입학하여 철학과 논리학 배움.

1660년: 루이 14세와 마리 테레즈 도트리슈의 결혼을 축하하는 시 「센강의 요정(La Nymphe de la Seine)」을 완성하여 당대 프랑스 문단을 대표하는 샤플랭Chapelain에게 헌정. 그의 추천으로 출판사 쿠르베Courbé에서 출간. 극작가 라신이 발표한 최초 인쇄물임.

1663년: 왕이 하사하는 연금을 탈 수 있는 시인의 자격 획득.

1664년: 왕위 계승을 위한 형제간의 권력 투쟁을 주제로 한 라신의 첫 번째 비극 『라 테바이드*La Thébaïde*』 발표. 몰리에르 극단에 의해 팔레 루아얄Palais Royal 극장에서 초연됨.

1665년: 역사 속에 실재한 영웅들과 사건을 소재로 사랑에 빠진 주인공들의 내적 갈등을 적나라하게 묘사한 『알렉상드르 대왕(*Alexandre le Grand*)』 발표.

1667년: 엇갈린 사랑으로 인해 파멸에 이르는 주인공들의 운명을 그린 『앙드로마크*Andromaque*』 발표. 부르고뉴 극단에 의해 왕 앞에서 상연.

1668년: 라신이 남긴 유일한 희극 『소송광(*Les plaideurs*)』 발표.

1669년: 로마의 황제 네로와 모후 사이의 권력투쟁을 그린 『브리타니퀴스*Britannicus*』 발표.

1670년: 티투스와 베레니스, 앙티오퀴스 사이에서 벌어지는 사랑과 이별을 다룬 『베레니스*Bérénice*』 발표. 경쟁관계에 있던 선배 작가 피에르 코르네유가 라신과 동일한 주제를 다룬 『티투스와 베레니케(*Tite et Bérénice*)』라는 제목의 비극을 몰리에르 극단을 통해 무대에 올림. 라신의 완벽한 승리로 막을 내림.

BERENICE

TRAGEDIE.

PAR M. RACINE.

A PARIS,
Chez CLAUDE BARBIN, au Palais, sur le Second Perron de la Sainte Chapelle.

M. DC. LXXI.
AVEC PRIVILEGE DU ROY.

『베레니스』(1671) 타이틀

『베레니스』(1671) 5장

BERENICE

『베레니스』(1676) 7장

1672년: 오스만 제국의 하렘을 배경으로 펼쳐지는 잔인한 질투를 다룬 비극 『바자제*Bajazet*』 발표.

1673년: 아카데미 프랑세즈의 회원이 됨. 로마에 끝까지 항거한 노왕의 죽음과 그의 왕비, 그리고 배다른 왕자와의 사랑의 갈등을 묘사한 비극 『미트리다트*Mithridate*』 발표.

1674년: 에우리피데스의 작품에서 영감을 받아 완성한 『이피제니*Iphigénie*』 발표. 이 작품의 성공으로 라신은 비극작가로서의 확고한 위치는 물론 경제적으로도 큰 부를 얻게 됨.

1677년: 당대의 유명한 시인이자 비평가로 활동한 브왈로와 함께 왕의 역사편찬관에 임명됨. 테제의 왕비 페드르와 전처의 소생인 의붓아들 이폴리트 사이의 숙명적 정념이 야기한 파멸을 그린 『페드르*Phèdre*』 발표.

1689년: 비극작가로서 오랫동안의 침묵을 깨고 루이 14세의 두 번째 정식 부인이 된 맹트농 부인의 요청을 받고 그녀가 직접 운영한 생시르Saint-Cyr 여학교(당대의 몰락한 귀족 가문 출신 고아들의 교육기관)에서 사용할 교재용으로 라신이 구약성서에서 소재를 빌려 집필한 『에스테르*Esther*』 발표.

1691년: 위의 작품과 동일한 목적으로 완성한 『아탈리*Athalie*』 발표. 그 사이에 왕을 따라 벨기에와의 전투에도 종군하고 다양한 활동을 펼침.

1693년: 네덜란드와의 전투에 종군. 젊은 시절에 불화한 포르루아얄의 스승들과 본격적으로 화해를 시도. 『포르루아얄(*Abrégé de l'Histoire de Port-Royal*)』 집필 시작.

1696년: 이해부터 연금 지급도 정체되고 그동안 사회적 신분 상승을 위해 돈으로 사들인 여러 개의 직책을 유지하는 데 지불해야 할 권리금의 증가로 경제적으로 궁핍해짐.

1698년: 병세가 악화되어 유서 집필.

1699년: 4월 21일 61세를 일기로 파리에서 파란만장한 생을 마감.

라신 묘비

장 라신(Jean B. Racine, 1639-1699)

1639년 프랑스 파리에서 동북쪽으로 76km 거리에 위치한 라 페르테-밀롱에서 태어났다. 세 살 때 어머니를 여의고 다섯 살에 아버지마저 돌아가시면서 고아가 된 라신은 조부모님 밑에서 외로운 성장기를 보냈다. 열한 살 때 조모와 함께 파리 남쪽 교외 슈브뢰즈 계곡에 있는 포르루아얄 수도원으로 이주하여 본격적으로 장세니슴 교리에 입문하였다. 1655년 보베의 학교를 졸업하고 포르루아얄 데샹 학교에 입교하여 당대 최고의 지성인 랑슬로, 르메트르의 지도를 받는 행운을 얻었다. 또한 수사학과 그리스어를 본격적으로 배우기 시작함으로써 장차 17세기 프랑스 고전주의를 대표할 작가로서의 기본을 다졌다. 1660년 루이 14세의 결혼을 축하하는 시 「센 강의 요정」을 당시 문단의 세력가로 군림하던 샤플랭에게 바쳐 그 재능을 인정받아 쿠르베 출판사에서 출간했는데, 이것이 최초로 인쇄된 라신의 작품이다. 프랑스 최고의 비극작가로 성공가도를 달리던 그는 1673년 아카데미 프랑세즈 회원에 선출된 후 1677년 부알로와 함께 왕의 역사편찬관에 임명되었으며, 1678년에는 아카데미 프랑세즈의 의장으로 선출되었다. 말년에 이르러서는 왕의 총애를 잃고 경제적 어려움을 겪었다. 1699년 4월, 라신은 61세의 나이로 파란만장한 삶을 마감했다. 대표적인 작품으로는 『안드로마케』(1667), 『브리타니쿠스』(1669), 『베레니케』(1670), 『바자제』(1672), 『이피게니아』(1674), 『파이드라』(1677) 등이 있다.

옮긴이 조화림

전북대학교 불어불문학과를 졸업하고 프랑스 그르노블3(GrenobleⅢ)대학교에서 문학 석사학위와 박사학위를 받았으며, 현재 전북대학교 프랑스·아프리카학과 교수로 재직하고 있다. 주요 논문으로는 「극작가 트리스탕 레르미트의 이중적 작품세계」, 「김기덕 영화 속 음악의 역할」, 「누벨바그 이전의 세계정세와 유럽영화」 등이 있고, 역서로는 『바로크 문학』과 『다큐멘터리란 무엇인가?』가 있다. 공저로 『봉주르 프랑스어』, 『프랑스 문화예술 기행』, 『영화의 창』 등이 있다.

달섬 세계고전 15

베레니케

지은이 장 라신
옮긴이 조화림
펴낸이 김동원
펴낸곳 달섬

초판 1쇄 인쇄 2020. 8. 10.
초판 1쇄 발행 2020. 8. 15.

달섬 전라북도 전주시 완산구 어진길 32 (풍남동2가)
전화 (063) 219-5322
FAX (063) 219-5323
출판등록 2012년 8월 20일 제465-2012-000021호

값 8,000원

ISBN 979-11-6372-085-0 04860
ISBN 979-11-6372-001-0(세트) 04080

이 도서의 국립중앙도서관 출판예정도서목록(CIP)은 서지정보유통지원시스템 홈페이지(http://seoji.nl.go.kr)와 국가자료종합목록 구축시스템(http://kolis-net.nl.go.kr)에서 이용하실 수 있습니다. (CIP제어번호 : CIP2020019562)

'달섬'은 전북대학교출판문화원의 임프린트입니다.